凶愛に啼く獣

宇奈月香

イースト・プレス

contents

序章　消えた一夜

（お義兄様はどちらなのかしら）

——ジェラルドが泥酔して戻ってきた。

使用人から義兄であるジェラルドの帰宅を聞きつけ、エステルは先ほどから足早にジェラルドを探していた。

エステルが住むルヴィエ伯爵邸はゴシック調の特徴が強い屋敷だ。高い天井を支える尖ったアーチ。深緑色の壁にはスズラン型のシェードが灯す橙(だいだい)色の明かりが長い通路を照らしている。

珍しく屋敷に戻ってきたと思ったら、泥酔しているのか。

ジェラルドが屋敷を空けることが多くなったのは、六年ほど前からだったろうか。徐々に屋敷にいる時間よりも、外で過ごす時間が多くなり、最近では週に一度帰ってくればいいほうだ。

彼が外で誰と何をしているのか、エステルは知らない。

それでも、風の噂(うわさ)では素行の悪い者たちとたむろしているとか。

ルヴィエ伯爵の嫡男でありながら、ジェラルドにその自覚はまったくない。風来坊で、自由で、何より貴族という生き物を嫌っている。いつだって彼はスカーレットレッドの髪をなびかせ、風を切るように外へ飛び出していくのだ。

（よりにもよってこんな日に戻ってくるなんて）

夕方から降り出した雨が、風雨となって大きな窓を叩く。

今日はエステルが第一王子アルベールの妃候補に選ばれた日。養父であるルヴィエ伯爵の悲願を達成する大きな一歩となった日だ。

朝から浮き足立ったルヴィエ伯爵邸に王宮からの使者がやって来たのが、午前中のことだった。

『ここにルヴィエ伯爵令嬢エステル嬢がヴァロナール国第一王子アルベール様の妃候補になられたことを宣言する！』

エステルの他にも候補に選ばれた令嬢は二人。この中から妃が選ばれるのだが、ルヴィエ伯爵はエステルが本命だと豪語していた。

なぜなら、使者は王子からの贈り物も一緒に持ってきたからだ。

蝶の形をした美しいジュエリー。今流行の昆虫をモチーフにしたブローチだ。妃候補でアルベールから贈り物をもらったのは、エステルだけだという。

『ありがたき名誉。謹んでお受けいたします』

胸に手を当てるルヴィエ伯爵の誇らしげな声を聞きながら、エステルは憂鬱な気持ちでいっぱいだった。伯爵の紫色の宝石が付いた指輪が、今日は一段と輝いて見える。

無意識に左手首を裾の上から握りしめた。

(選ばれてしまった……)

胸に広がる暗鬱とは裏腹に、屋敷は使用人たちの歓声で沸いた。

側にいたエステル付きの侍女ルイーゼも安堵の表情を浮かべていた。

ヴァロナール国第一王子アルベールの妃候補になることは、すなわち次期国王妃になる可能性があるということ。この国を統べる者の妃となり、世継ぎを産む。なろうと思ってなれるものではないくらいの名誉だ。

なのに、心は浮かない。

このときのために十一年間を生きてきたというのに、少しも嬉しくなかった。

ずっしりと胸に重たくのしかかる憂鬱さは、何なのだろう。

エステルがルヴィエ伯爵の養女となったのは、五歳のときだ。

母と一緒に乗っていた馬車が崖から転落し、エステルだけが生き延びた。母が命がけで守ってくれたからだ。そのとき、偶然事故現場に居合わせ、身寄りのなくなったエステルをのちに養女として引き取ってくれたのがルヴィエ伯爵だった。

死んだ母は遠い国で働く娼婦だった。

もう顔すら覚えていないけれど、月の明かりを集めて紡いだような白金色の髪が美しかったことは記憶に残っている。

そして、エステルも同じ白金色の髪をしている。深海色をした瞳は、おそらく父親に似たのだろうが、エステルは父親というものを知らずに育った。母も誰が父親なのかはわからないようだった。もともと、話すつもりもなかったのかもしれない。

貴族でもない、娼婦の娘をルヴィエ伯爵が養女としたのは、エステルの類い稀なる美貌を気に入ったからだ。

艶めく白金色の髪と、蒼い瞳を覆う長い睫。幼いながらに妖美さの片鱗を滲ませたエステルを王族と婚姻させることで、王家との繋がりを持てれば、派生する付加価値は計り知れない。伯爵のもとには彼が得た恩恵に与ろうとする者たちが大勢群がるだろう。

『エステル、お前は今日から私の娘となる。私のことはお義父様と呼びなさい』

『……はい。お義父様』

ルヴィエ伯爵は幼いエステルに、淑女としての教養を徹底的に叩き込んだ。

歩く仕草、会話の仕方、微笑み方ひとつに至るまで完璧に仕上げることで、エステルを自慢の令嬢に仕立て上げたのだ。

すべてはルヴィエ伯爵が抱く壮大な野望を現実のものとするため。

エステルは王子の心を射とめる有効な駒として育てられたのだ。

ルヴィエ伯爵の宝石と称されるまでになったエステルのことは、社交界デビューを果たす以前から貴族たちの間で噂になっていたという。

十六歳になった先月、エステルは社交界にデビューした。訪れた王宮で国王と王妃、そして第一王子アルベールと第二王子サシャへの拝謁を許されたばかりだ。

たった一度の拝謁で妃候補に選ばれたのは、エステルの美しさがアルベールの心を摑んだからだろう。

活発で奔放な第二王子と比べ、温厚で控えめなアルベールがはじめて令嬢に強い興味を抱いたのがエステルだったのだと、王宮からの使者は話していた。

エステルも舞踏会の間中、アルベールの熱い視線が自分に注がれていたのを覚えている。

(でも、まさか本当に選ばれるなんて思わなかった)

ルヴィエ伯爵は今頃、目論見通りに進んでいることに、笑いが止まらないでいるだろう。

王宮からの知らせを受けたのち、「友人宅に招かれてしまった」としぶしぶ出ていったが、内心自慢話をしたくて仕方なかったに違いない。

(おめでとうございます、お義父様)

どこか他人事のように感じているのは、エステル自身がまったく嬉しくないからだ。

それでも、これで屋敷から離れられると思えば、選ばれたことに感謝もできる。

(もしかしたら、お義兄様も屋敷に戻ってくださるようになるかもしれない)

ジェラルドとルヴィエ伯爵の不仲は誰もが知っている。

ルヴィエ伯爵はエステルには優しいが、それ以外の者には厳しかった。伯爵の関心は常にエステルにだけ向けられているからだ。

家庭教師の出すテストに受からなければ、エステルではなく侍女を折檻した。大切にしていた小鳥を目の前で殺されたこともあった。

愛という名の鞭は、息子であるジェラルドにも振るわれた。

自分のせいで周りにいる人たちが傷ついていく。

悲しくて、でも、泣いていることを伯爵に知られたくなくて、エステルは人目を避けて泣いた。

クローゼットの中、茂みの陰、厩舎の隅。

『また泣いてるのか』

だが、うまく隠れたつもりでも、不思議とジェラルドにだけは見つかった。

スカーレットレッドの髪に、意志の強そうな眉、精悍な顔立ちを困ったように歪めながら、綺麗な指で涙を拭ってくれた。そうして、いつも美味しいお菓子をくれたのだ。

それは、屋敷で出されている上品で綺麗な形をしたものではなく、街で売っているような大衆向けのお菓子だった。

ほっぺが零れ落ちるくらい甘い飴に、手のひらに余るほど大きなブルーベリーのマフィン。

『どうせ今日もろくに食べてないんだろ。腹が減っているから、失敗もするし、集中力も欠けるんだよ。たくさん食べて腹を満たせ。そうしたら次はうまくやれる』

同じ屋敷で暮らしているのだ。

体形が醜くならないようにと食事も制限されていることは、ジェラルドも知っていた。だからこそ、こうしてこっそりとお菓子をくれるのだろう。

『ありがとう、お義兄様』

『女の子は少しくらいふっくらしていたほうが魅力的なんだぞ。父上はエステルに厳しすぎる』

『でも、私は綺麗でいなくちゃいけないから……』

すると、ジェラルドが呆れた顔をした。

隣に座ると、エステルを膝の上に乗せる。

『それ以上、可愛くなったら大変じゃないか。何もしなくたって、十年後には社交界の華になっている。お前の前にはダンスを申し込みたい輩が列を成すだろう』

『本当？』

『ああ、嘘じゃない』

『じゃあ、そのときはお義兄様が列の一番目にいてくれる？　私、お義兄様と踊りたい』

『約束だ』

そう言って、ジェラルドは四つ葉のクローバーをくれた。

幸せを運ぶという四つ葉は、エステルにどんな幸福をもたらしてくれるのだろう。そう思えば、自然と胸が期待に膨らんだ。

そして、それはすぐに叶った。

ルヴィエ伯爵が一日外出する日を狙って、ジェラルドがとっておきの場所へ連れて行ってくれたのだ。

『父上が帰ってくる前に戻ってくればいい』

ジェラルドの言葉に促され、エステルははじめて授業をさぼった。

ついた場所は、クローバーが一面に広がる草原だった。大きな大木には手作りの白いブランコがかかっていて、ジェラルドに背中を押してもらいながら、エステルは夢中で遊んだ。

背中に羽が生えたら、きっとこんな感じなのだろうか。

空に足先が届きそうなほど高く舞い上がる開放感が楽しかった。

ルヴィエ伯爵家に来てからというもの、遊ぶことすら許されず、何をするにも必ず監視の目があった中で得たはじめての自由。大好きなジェラルドと自然の息吹を感じる幸福は夢見心地な気分だった。

あんなにも心から嬉しいと思ったことはない。

しかし、授業をさぼったことがばれないはずもなく、ルヴィエ伯爵は見せしめのように、エステルの目の前でジェラルドを打擲した。

『やめて……やめてください、お義父様！　ごめんなさいっ。全部、私が悪いのです！』

『そうだ、エステル。お前が悪い子だから、私は今、息子を鞭打たなければいけなくなった。可哀想だと思わないのか？』

『思います！　二度とこのような真似はいたしません』

『口では何とでも言えるのだよ、エステル。大切なのは証明することだ。お前にそれができるか？』

『できますっ。ですから、どうかお義兄様を鞭打つのはおやめください!!』

『エステル……ッ、いい！　やめろっ。そんな約束をするな!!』

当時、十六歳だったジェラルドはすでに大人と変わらない体格だった。その彼が四肢を丸めるほどの激しい打擲に、エステルはとてつもない恐怖を感じた。

鬼気迫るルヴィエ伯爵の折檻が怖かった。

人生で一番だと感じた幸福がもっとも辛い出来事になったのも、ジェラルドが傷つけられたのも、エステルの意思が弱かったから。

もっと心を強く持たなければ、また誰かを傷つけてしまう。

失敗をしないこと、言い付けは守ること。ルヴィエ伯爵の命令は絶対であること。

二度と、ジェラルドの誘いには乗らないこと。

――ルヴィエ伯爵が望む完璧な淑女になるのだ。

それからのエステルはいっそう習い事に打ち込むようになった。

どれだけジェラルドに誘われても、エステルがついていくことはなかった。そっけない態度を取り続けるエステルに、彼は何通も手紙をくれた。エステルがルヴィエ伯爵の監視の目を恐れていることを知っているから、手紙という手段を選んだのだろう。

エステルはすべて暖炉で燃やした。丁度、それを彼に見られたのが、関係を崩壊させる決定的な出来事となった。

『――それが、お前の答えか』

ジェラルドが家を空けるようになったのは、それからしばらくしてのことだ。

優しかった眼差しに苛立ちと憎悪の光が宿る頃には、彼への懺悔で心は真っ黒になっていた。今では話しかけることはおろか、目を合わせることすら滅多にない。

（他に方法がなかった）

ジェラルドに見限られたと感じたときの喪失感は今も覚えている。

自分からこの結末を望んだくせに、いざ現実になった途端、後悔した。それでも、自分のせいで誰かが傷つくよりはいい。

（私さえ我慢すればいいんだもの）

十一年間かけて植えつけられた伯爵への服従心は、エステル自身ではもうどうすることもできないところまできている。

もし、社交界デビューのときに、目も当てられないような失態をしていたら選ばれなかっただろうか。

そんなことをすれば、ルヴィエ伯爵はまた誰かを鞭打つ。

エステルを叱りながら、別の誰かを叩くのだろう。

考えただけで恐ろしかった。

『お前は私のために生きるんだ。理由はわかるね』

何度も繰り返し言い聞かされてきた。

もし、ルヴィエ伯爵があの場に居合わせていなければ、自分はどうなっていただろう。

助けてもらっただけでも感謝しなければならないのに、彼は美味しい食事と、ふかふかのベッド、それに綺麗なドレスまで与えてくれた。

伯爵には感謝してもしきれない。

恩に報いなければ。

ルヴィエ伯爵とジェラルド、優先すべき人は最初から決まっているのだ。

自由はなくていい。

友達と呼べる人が一人もいなくてもかまわない。

心を開かなくても、人は生きていけるのだ。

むしろ、一人でいたほうがずっと生きやすい。与えられた場所で、決められたことだけをして過ごす毎日も、慣れてしまえばさほど苦ではなかった。

それでも、時々ジェラルドを見かけるときだけ、心がざわついた。

彼の琥珀(こはく)色の瞳にエステルが映ることはない。一年、二年と年を重ねるごとに男らしくなるジェラルドを、エステルはただ遠くから見つめることしかできなかった。

その頃には、ジェラルドに向ける気持ちが親愛ではないと気づいていた。

彼の精悍で凛々しい造形がエステルに向けられるときは、信じられないくらい優しい表情になる。無邪気な少年みたいな笑顔が大好きだった。

『エステル、俺の可愛いプリンセス』

彼に『プリンセス』と呼ばれるたびに、心は躍った。

ジェラルドの特別なのだと感じることができた。

すべてを手放すと決断するまでに、どれだけの勇気が必要だったか。エステルにとってジェラルドは希望であり、歓びのすべてだった。不自由な生活の中で、彼との時間だけが心を癒やしてくれた。

それらを放棄することは、この先エステルに心許せる人がいなくなるということ。完全なる孤独の中で生き続けていかなければいけない。

(それでも、いいの)

彼とて、エステルのせいで痛い思いなんてしたくないに決まっている。

嫌われてしまっても、ジェラルドは世界で一番優しくて、大好きなお義兄様。

「――ここにもいないわ」

真っ先にジェラルドの自室へ向かったが、姿はなかった。

応接間、書庫。彼が行きそうな場所を探し歩くも、ジェラルドは見つからない。

泥酔しながら、どこへ行ってしまったのだろう。

「いかがいたしましょう？」

一緒についてきていた使用人が不安そうに言う。

無理もない。ジェラルドが屋敷に寄りつかなくなった頃から、ルヴィエ伯爵との衝突が目に見えて増えるようになったからだ。聞けば、彼は第二王子サシャと親交があるという。

一方、伯爵は第一王子アルベールを支持している保守派だ。

国王が病に臥していると知ったのは、今月に入ってからだ。兆候は先月からあったのだという。

　王宮では常に王位継承権を巡って二人の王子が対立している。側妃の子でありながらも、国王から第一王子と認められたアルベールこそ正当な王位継承者だと叫ぶ保守派に対し、改革派たちは王妃の子であり、自由な発想で常に国民を驚かせてきたサシャを次代の王に推しているのだ。

　最近のルヴィエ伯爵はジェラルドの顔を見るのも嫌がり、彼が屋敷に戻ってくるのも煙たがっている。

　使用人が不安になるのも当然なのだ。

もしかしたら、この時期に妃候補が決定したのも、国民にアルベールの存在を広く知らしめようとするためなのかもしれない。

「どこにいるのかもわからないのですもの。探しようがないわ。それに、この雨風ではお義父様もご友人宅から戻ってはこられないはず。戸締まりだけは確認しておいて。それが終われば、あなたも休んでいいわ」

「かしこまりました。おやすみなさいませ、お嬢様」

「おやすみ」

あとのことは使用人に任せ、エステルは自室へ向かった。

窓を叩く雨は激しさを増すばかりだ。

使用人にはああ言ったが、エステルは不安だった。

(外へ出ていなければいいのだけれど)

足下もおぼつかない状態で月明かりもない暗闇を歩き回ったりすれば、怪我をしてしまうかもしれない。

他にジェラルドが行きそうな場所はどこだろう。

(……厩舎かも)

エステルにはつれなくても、ジェラルドは愛馬には優しい。惜しみない愛情を注いでいる姿を遠目から何度も見ていた。

ちらりと後ろを振り返る。

誰もついてきていないことを確認してから、エステルは自室とは反対側の廊下へ曲がった。階段を降り、使用人たちの出入り口にかかっている外套を羽織るとランタンを手に外へ出た。

轟々と風が鳴いている。

吹きつける雨の強さに、思わず目を細めた。またたく間に羽織った外套が雨に濡れた。

(すごい雨風)

足下を確認しながら厩舎へ向かう。

木製の扉を押し開くと、エステルの姿を見た馬たちがぶるると鼻を鳴らした。

「驚かせてごめんなさい。お義兄様は来ていないかしら?」

栗毛の馬はエステルの言葉に応えるように、数回足を踏み鳴らすと、顔を干し草が積まれているところへ向けた。

エステルも同じ場所へランタンをかざした。

(ジェラルドお義兄様……)

干し草に埋もれて寝入るジェラルドがいた。

側には彼が持ってきたのだろうワインの空き瓶(びん)が転がっている。

どれだけ飲めば、あそこまで泥酔できるのか。

大の字に伸びきった四肢は、ひどくだらしない。

けれど、ジェラルドの無事にほっと安堵した。

近づき、酔っ払いの顔をのぞき込む。

(よく眠っている)

この豪雨の中でも、なんて安らかな寝顔なのだろう。

「お義兄様。ジェラルドお義兄様。起きてください」

だが、声をかけても起きる様子はない。

「お義兄様。馬たちが迷惑がっていますわよ」

肩を叩き、声をかけると「……ん」と反応があった。

「お義兄様、起きて」

厩舎は屋敷以上に屋根を叩く雨音が大きい。そのせいで、エステルの声が聞こえないのだろう。もちろん、ジェラルドが深酒をしているせいでもある。

「……飲みすぎなのです」

起きるそぶりがないことに、愚痴が溢れる。けれど、その声に先ほどまでの剣呑さはなかった。

こんなにも彼の近くにいるのは、久しぶりだった。

好きでジェラルドを遠ざけたわけじゃない。

他に手立てが浮かばなかったのだ。

ジェラルドに理由を話したところで、果たして彼は納得してくれただろうか。理不尽さに腹を立て、ルヴィエ伯爵に意見することは予測できていた。

彼はエステルの不憫さと不自由さに、強い同情と反発心を持っていた。ルヴィエ伯爵が彼を遠ざけるようになったのも、自分の意のままにならぬことが気に入らなかったからに違いない。

ジェラルドが親交を深める者の中には、第二王子サシャもいる。

第一王子アルベールを次の国王にと望むルヴィエ伯爵にとって、ジェラルドは目の上の瘤なのだ。

血の繋がった親子なのに、憎しみあうなんて辛すぎる。歩み寄ることができないのなら、せめてこれ以上険悪な関係になってほしくない。

だが、エステルの思いも虚しく、ジェラルドとルヴィエ伯爵の仲は悪化の一途をたどっている。

ジェラルドにしてみれば、ルヴィエ伯爵に従順なエステルも保守派の一人として認識されているのだろう。

もう昔のように、ジェラルドの笑顔を見る日は来ない。

一度壊した関係は、二度と元には戻らないのだ。

すべてを承知の上でも、悲しかった。

エステルにできることは、どんな侮蔑(ぶべつ)でも甘んじて受けることだけ。

それが、自分にできるジェラルドへの贖罪(しょくざい)なのだ。

唇をきゅっと引き締め、涙が浮かばないよう目に力を込めた。

「愛しているの」

誰よりも、大切に想っている。

「愛しているわ、ジェラルドお義兄様」

だからこそ、私を嫌いでいて。

酒で赤らんだ頬(ほお)にそっと手を這わせる。その手で赤毛をゆっくりと梳いた。

こんなことができるのも、ジェラルドが絶対に起きないという確信があるからだ。

(もう二度とこのような機会はないのでしょうね)

明日からは、王宮に上がるための準備で忙しくなるだろう。

(あと何度、お義兄様にお目にかかれるのかしら)

会ったところで嫌な思いしかさせられないのだから、ジェラルドにしたら会いたくないだろう。むしろ、さっさと王宮へ行ってくれと思っているかもしれない。

エステルがそう思わせるように仕向けているくせに、拒絶されることに怯えているのだから滑稽だ。

「愛してるの」

迷惑がかからないうちに、厩舎から立ち去らなければならない。

頭では理解していても、離れがたかった。

どうして、自分たちはこんなふうにしか出会えなかったのだろう。

こみ上げてくる悲しみが、涙となって頬を伝う。

エステルは、指を滑らせジェラルドの唇に触れた。

はじめて触れる場所は、心が苦しくなるほど柔らかく、切なくさせた。

彼はこの先、誰とどんな恋をするのだろう。

父であるルヴィエ伯爵との折り合いの悪さを差し引いても、ジェラルドは魅力的だ。

彼の妻となり、彼を支えたいと望む女性はいくらでも現れるに違いない。

(どんな口づけをするの?)

恋に溺れたジェラルドは、どんなふうにその人を愛するのだろう。緋色の髪のように、燃えるような恋をするのだろうか。情熱的で刺激的な愛に溺れることのできる架空の恋人を羨まずにはいられない。

自分は愛してもいない男にすべてを捧げなければいけないのに。

嫉妬と羨望に心が焼かれる。

痛みに眉を寄せ、恨めしさをジェラルドに向けたとき、――ふと魔が差した。

今夜、ルヴィエ伯爵はいない。

外は人が歩くのも困難なくらいの雨風だ。

使用人たちは、エステルが厩舎に来ていることを知らない。

食い入るように、ジェラルドの唇を見つめた。

今夜しかない――。

「ひどい私を憎んで」

囁き、唇を近づけた。

第一章　悪女エステル

闇が深いほど、光明は煌めく。

そう言ったのは、誰だったろう。

今宵も、ヴァロナール国は星屑を散りばめたような輝きを放っていた。

かつては天然石の輸出を細々と行っていた小国を、大国と肩を並べるほどの経済国へと押し上げたのは、新王サシャの功績だ。かねてより諸外国から要望されていた港を竣工したことで、ヴァロナール国の港は重要な中継港として、多くの船舶が連日寄港するようになった。市場には船から運ばれてきた諸外国の工芸品や珍しい食料が並ぶようになり、それらを求めて内陸部から行商人たちがやって来るようになった。

内紛で被災した場所には、ヴァロナール国の景観にあうバロック様式の建物が次々と建設され、広い道路も整備された。道路の両脇には商店が軒を連ね、夜は娯楽を求める人たちでまた違う賑わいを見せる。

　七色のネオンが輝くヴァロナールの成長は、奇跡の光明と呼ばれた。

　歴史的建造物を遺しながらも、新しいものを積極的に取り入れていこうとするサシャ王の精力的な方針に、のどかだった市街地は急速に発展していく。

　サシャ王の功績は、まさに内紛という暗闇に差した光明。

　しかし、眩しすぎる光は同時に深い闇を生み出す。

　辺境の地アスヘルデンにおいて、春間近の夜気はまだ冷たく、辺りは銀世界に包まれていた。

　踏みしめるたびに、サクサク……と雪が鳴る。

　点々と続く足跡の先頭に、エステルはいた。

　息急き切りながら、地平線まで続いているような広大な敷地を駆けていた。満月が照らす銀世界で動いているのは、エステルだけだ。

　白金色の煌めく髪に、深海の色を硝子にして閉じ込めたような蒼い瞳、精巧で細緻な芸術品みたいな秀麗な美貌は、年を追うごとに増していた。

　二十一歳になったエステルは、夜のしじまに馴染むような黒いドレスを纏っている。首元まで隠すそれは、さながら喪服のようだ。

　エステルがアスヘルデンの土を最初に踏んだのは五年前。

第一王子アルベールの妃候補となった同じ年、前王が崩御し、燻っていた後継者争いが表面化した。国を巻き込んだ内紛が収束したのは一年後。アルベールを擁護していた王侯貴族たちは新王となったサシャによって処刑され、アルベールは生涯幽閉の身となった。

エステルは、内紛直前に当時大臣の地位にあったルヴィエ伯爵の手で富豪ゴーチエ・ブルナンと婚姻させられ、男児を出産した。ライと名付けた子が一歳を迎える姿を見ることなく、一年後、ゴーチエが死去。遺言により、彼が築いた巨万の富はすべてエステルとライのものとなったが、二ヶ月前、ライも事故でこの世を去った。

これにより、ライが受け継いだ遺産もすべてエステルのものとなる。

エステルに降りかかった不幸を「不憫だ」と同情する者は少ない。なぜなら、家族と死別したことでエステルは莫大な遺産を手に入れたからだ。

誰かが言った。

エステルがゴーチエとライを殺したのだ、と。

興味本位の憶測だったのかもしれないし、遺産を手に入れたことへの嫉妬だったのかもしれない。

それはまたたく間に大きな尾ひれを持ち、世間という大海を泳いだ。

『悪女エステル』

そう呼ばれるようになり、エステルのもとには誹謗中傷の書簡が連日のように届いた。

ゴーチエの死後に現れた親類と名乗る者たちからの激しい抗議、養父であるルヴィエ伯爵からは予定通り遺産をすべて明け渡すよう迫られた。

周りが白熱するほど、エステルの心は冷めていった。

何をされても、どんな中傷も響いてこない。

それは、きっとライがエステルの心を連れて行ってしまったからだ。

ライはエステルの命そのものだった。

（早く行かなければ――）

寂しい。怖いと泣く声に呼ばれて、エステルはライが見つかった場所へ夜ごと駆ける。

川の音が聞こえてきた。

（今お母様が助けにいくわ）

ライは大人二人分はある川幅の浅瀬で見つかった。水草に身体を絡ませながら、沈んでいたのだ。

「あぁ……ライ」

月明かりの中であっても、エステルの目にはライの最期の姿が見える。

スカーレットの髪がゆらゆらと水面に揺れていた。

――また間に合わなかった……。

「ごめんなさい……」

助けてあげられなくて、ごめんなさい。見つけるのが遅くなってごめんなさい。

水の中はさぞ冷たかったでしょう。苦しかったでしょうに。

「ライ……、ライ……」

川辺に近づき、ざぶざぶと水の中を進んだ。水流で何度も足を取られても、エステルは歩みを止めない。

なぜ目を離してしまったのだろう。

腕に残る冷たくなった我が子の重みがエステルを糾弾し続ける。

ライの死は、エステルの過信と油断が招いた不幸な事故だった。

あの日、エステルは新たに作る養護施設の現場視察のため、ライを連れて出かけた。担当者たちとの打ち合わせでライから目を離したのは、ほんの数分のことだった。

忽然と姿を消したライ。

すぐに捜索したが、ライはどこにもいなかった。見つかったのは、二週間後のこと。

あと少しでライに手が届くと感じた刹那。

「エステル様ッ!!」

後ろから強く身体を摑まれた。

腰に回った腕がグイグイとエステルを岸辺へと引き上げていく。

「何をするのっ！　あそこにライが――ッ」

「ライ様は、おりません！」

びりりと身体を震わす怒声に、ライの姿が霧散した。

（あ……）

……そうだった。ライはもういない。

何もなくなった水面を呆然と見つめた。その間に、エステルは岸辺へと連れ戻される。

「スタンリー」

エステルを引き戻したのは、ブルナン邸の執事スタンリーだ。

アッシュブラウンの髪に白いものが所々交じっている。渋みが滲む顔には、年齢相応の皺が刻まれていた。

漆黒のスーツに身を包んだスタンリーは怒気と焦燥、そして悲しみが入り交じった青い目でエステルを見下ろしていた。

「エステル様、こちらに来られてはなりませんと申し上げたはずです。今朝も熱を出されていたではありませんか。無理をしてはライ様もお心安らかに眠ることができません」

「……私はもうあなた方の主ではないと伝えたはずよ」

今頃、新たな主となる者にエステルからの手紙が届いているだろう。

（もうすぐすべてが終わるの）

無意識に左手首に触れた。

「いいえ、私の主人はあなたです。どうかエステル様を私の最後の主とさせてください」

「あなたはブルナン邸に従事する者。私は一切持ち出してはいけないの」

「でしたら、私の退職願を受理してください」

ブルナン邸はスタンリーがいなくては回らない。

「あなたも悪女に魂を魅入られてしまったの？　――駄目よ、あなたまで後ろ指を指されることなんてないわ」

「かまいません。エステル様のお側にいられるのなら、本望と存じます」

スタンリーの真摯な言葉に、エステルが困ったような笑みを浮かべた。

「屋敷を出た後のことは、私にお任せください。人目につかない静かな場所に家を買い、エステル様が生涯お心穏やかにお過ごしいただけるようお世話させていただきます。あなたはこれ以上重荷を背負うことはありません」

「私は無一文になるのよ。家は買えないわ」

「私がご用意いたします。微々たるものですが蓄えもございます」

「いいえ、なりません。あなたには次の主となる者を支えていってもらいたいのです。屋敷に残った者たちにとってもあなたは必要な人間です」

「私はエステル様にだけ必要とされていればよいのです」

ああ、どう言えば伝わるだろう。

彼の口調からは、主従以上の思いを感じる。

だが、エステルは彼の気持ちに応えることはできない。

(私が好きになる人は皆不幸になってしまうの)

ライを失ったことではっきりとわかった。自分は愛を望んではいけない人間だったのだ。

「エステル様、どうぞ私をお望みください。あなたのために尽くさせてくださいませ」

「スタンリー……」

それだけはできない。

そう言いかけたときだった。

遠くから馬の蹄の音がした。一頭だけのものではない。群を成してこちらへ近づいてくる。

(何かしら?)

スタンリーもエステルを背中に庇うように立ち、蹄の音がするほうを見ている。

「急ぎのお客様かしら?」

「いえ、本日はどなたの来訪も予定されておりません」

雲に隠れていた満月が顔を覗かせた。すると、世界が銀色に輝き出す。

「あれは――」

見えたのは、真っ黒な軍服姿の一行だった。馬を駆り、ブルナン邸へと向かっている。

ざっと数えただけで十騎はいた。

「クロウ隊……？　でも、なぜこのような場所に――」

焦燥に胸がざわめく。

嫌な予感に腰を上げた。

「屋敷へ戻ります」

だが、熱を押して出てきた身体は急な動作によろめいた。

「きゃ……っ」

スタンリーに支えられなければ、砂利の岸辺で膝をすりむいていただろう。

「お怪我はありませんか？」

「えぇ、……平気です。急ぎましょう」

意外とたくましい胸板に驚きながら、身体を起こした。

スタンリーの表情が切なげになったことに、エステルは気づかないふりをした。


「ただいまを以て（もって）、ブルナン邸は国王の勅命により、王の鉤爪（キング・クロウ）の管轄下となる！　全員、速やかに退去せよ!!」

兵士の怒声と、使用人たちの悲鳴とが混じり合うのを、エステルは遠くから聞いていた。

（なんてこと――――ッ）

ようやく屋敷の入り口が視界に入ると、侍女長が軍服姿の兵士たちに向かって声を張り上げているところだった。

「お、お待ちください！　いったい、なぜこのような暴挙をなさるのですか!?」

「エステル・ブルナンにはライ・ブルナン殺害の嫌疑がかけられた！」

侍女長の後ろにいた使用人たちが、一斉にどよめく。

「そ……んなっ、何かの間違いです！　奥様は潔白ですわ」

「真偽は我々が調べる。エステル・ブルナンをこの場に出せ。抵抗するのなら貴様たちも拘束する」

「お……奥様は外出しております！」

「逃げたか」

「違います!!」

毅然（きぜん）としているが、侍女長の声は明らかに怯えていた。

無理もない。

はじめて見るクロウ隊だ。

その奇抜な姿に畏怖を覚えて当然なのだ。

サシャ王が作った私的部隊『王の鉤爪』は、軍隊の中でも異質な存在になった。

ヴァロナール国軍に組み入れられているものの、彼らは国王直属の部隊。陸軍は緑、海軍は白と定められている軍服も、王の鉤爪たちは夜の闇を染みこませたような黒。それは、サシャ王の命でしか動かないという意志の表れでもあった。

膝下まである長靴、腰には銀色のサーベルを携え、短いツバ付きの制帽を目深に被っている。顔半分は獣の口を模した真っ黒なマスクを装着した姿は奇抜で異様だった。

(なぜクロウ隊がここへ来るの？)

「何事です」

息を整え、声を発した。

「奥様っ、来てはなりません！」

悲鳴じみた声で侍女長が叫ぶ。

「貴様がエステル・ブルナン——……、——ッ」

それきり、兵士は言葉を失った。

彼らが何を見て絶句したのか、わからないエステルではない。

白金色の髪が月明かりを吸って目映(まば)ゆく煌めく。圧倒的な妖美を纏うエステルの完成された美に、彼らは圧倒されたのだ。

屋敷の中からも悲鳴と物が破壊される音が聞こえる。

クロウ隊の一部が屋敷を荒らしているのだ。

「新王の兵士は随分と礼儀がなっておりませんのね。主の許可なく屋敷に入ってはいけないことを存じ上げないのかしら」

「貴様——、不敬であるぞっ」

息巻く兵士がエステルに食ってかかった。隆々とした体躯の偉丈夫だ。

エステルは、男をじっと見つめて、わずかに目を細めた。

「——ッ」

一瞥だけで男を黙らせると、エステルは隊の先頭にいる者に改めて視線を向けた。

「エステル・ブルナンか」

「ええ、そうですわ」

「我らは王の鉤爪。あなたにはライ・ブルナン殺害の嫌疑がかけられている」

男は軍服から書簡を取り出し、エステルの前にかざした。

「スタンリー、書簡をこちらへ」

「かしこまりました」

後ろに控えていたスタンリーが、兵士から書簡を預かり戻ってくる。

そこには確かにエステルにライ殺害容疑がかかっていることが、国王サシャの直筆でのサインが記されてあった。

(サシャ王は何を考えているの？)

ライの死は警察が事故死だと断定している。

それに国王が疑問を持つなど、異例なことだった。

「国王陛下のもとには随分と早い春が訪れているのかしら？」

国の発展の立役者となり、国民の支持を一身に受けるサシャ王だが、生来の摑み所のない性格と娯楽好きな部分はいっそう派手になったと聞く。サシャ王は美女を侍らせ毎晩享楽に耽っているとか。

「言葉を選ばれよ。拘束されたいのか」

「そのほうがあなた方には都合がよろしいのではなくて？　どのみち、私は拘束されるのでしょう」

緊張を悟られないよう、わざとゆったりとした口調で告げる。口元には微笑を浮かべた。

クロウ隊は少数精鋭部隊。その数は二十騎にも満たないと聞くが、ほぼ半数が揃っている。重々しい様子からして、エステルがよほど重罪人と見なされているのが感じられた。

「息子は事故死ですわ」

つい先ほどもライの幻影に心ごと連れて行かれそうになっておきながら、息子の死を口にすることは、心を抉る所業でしかない。

「それを証明するものはあるか」

「故意だという証拠が見つからなければ、それこそが証明となりますでしょう」

一歩も引かない様子に、兵士の纏う気配が変わった。

女だと甘く見ていたのだろうが、生憎エステルはこの程度の脅しに怯むことはなかった。

「警察が事故死だと断定したことを、なぜ国王陛下は覆そうとしているのでしょう。陛下はどこでライの死をお知りになったのかしら？」

何者かが故意にサシャ王の耳に入れたと考えるのが道理だ。

つまり、誰かが直訴をした。または、告発をした。そう考えるべきだろう。

（誰が？）

エステルを陥れたいと思う者たちが多すぎて、すぐには思い当たらない。だが、まるきり心当たりがないわけでもなかった。

王の耳にライの死を伝えることができるほどの人物となれば、ある程度地位のある者ということになる。そして、その者の狙いは、エステルが相続したゴーチエの遺産とみて間違いない。

「お引き取りください」

ドレスをつまんで、優雅に一礼する。

エステルの静かな威圧に、場が飲まれかけたときだ。

「女一人に怯むなど、貴様ら王の鉤爪の名に泥を塗る気か！」

後方から怒声が飛んできた。

エステルと対峙していた兵士が肩を震わせる。

（この声……まさか――）

兵士の身体をかき分け、近づく男をエステルはまばたきも忘れて凝視した。

制帽から覗く燃えるようなスカーレットレッドの髪。その下にある凛々しい眉と力強い眼差しをした琥珀色の双眸。マスクで顔を覆っていても、彼が誰であるかを知るのは容易かった。

（……ジェラルドお義兄様……）

五年ぶりに見る義兄は、いっそう魅力的な男になっていた。野性味溢れる体軀は、ひとまわりほど大きくなり、さらに長身となっている。

月明かりを受けて立つジェラルドは、さながら黒い獣のようだ。

（あぁ、なぜ）

エステルの心から血しぶきに似た痛みが噴き出した。

『どうせ貞淑なふりをして、散々男を咥え込んでいたのだろう？　女は恐ろしい生き物だな。――穢らわしい！』

逃げ出したい衝動を矜持だけで押しとどめ、背筋を伸ばした。

「兵を引いてくださいまし」

「すべてはお前次第だ、エステル」

「私に何をお望みですの」

「身の潔白を証明しろ。でなければ、ブルナン邸に関わるすべての者を反逆者と見なす」

「――ッ、乱暴ですのね。暴挙と言われても仕方ありませんのよ」

「我らはすべて国王陛下の命で動いている。――どうする、エステル。お前の返事ひとつにここにいる彼らの命運がかかっているのだぞ」

なんという卑劣な取引きだろう。

ブルナン邸に残っている者たちは、エステルの悪評を知りながらも屋敷に尽くしてくれている者ばかりだ。

彼らを罪人にすることなど、できるはずがない。

「跪け、エステル」

「エステル様!!」

スタンリーが咄嗟にエステルの前に立ち塞がった。

「お逃げくださいっ、彼らに常識は通用しません！」

「いけない、スタンリー！」

制止しようと叫ぶも、スタンリーの身体が一瞬で地面に押しつけられた。

「彼にひどいことをしないでっ!!」

「引き続き屋敷の中を捜索しろ！　使用人たちは一人も逃がすな!!　不審なものはすべて

運び出せ！」

「待って！　お願いやめてッ!!」

無情な命令に、エステルは声を荒らげた。

制帽の奥から琥珀色の瞳が冷めた視線を向ける。

「それが人に願う態度か。──図々しい」

「──お願いします。どうか彼らに手荒なことをするのだけは、やめてください」

「俺は跪けと言った」

高圧的な物言いに、一瞬ジェラルドを見る目に力がこもった。

ぐっと奥歯を噛みしめ、地面に両膝をついて、ゆるりと頭を垂れた。

「エステル・ブルナンを捕らえろ」

ジェラルドの勝ち誇った声を、頭上で聞いた。

◇◆◇

（──水の音……？）

後ろ手に拘束され、エステルはブルナン邸の地下にある倉庫に監禁された。四方を石壁で囲われ、出口は木製の扉ひとつきり。外から閂で施錠するため、中からは決して開かない構造になっていた。

ここには、ゴーチエが生前収拾した美術品が集められていた。

窓がないのも、光で貴重な美術品が色あせするのを防ぐためだ。

地下倉庫に監禁されて、どれくらいの時間が過ぎたのだろう。

暗闇にいるせいで、時間の感覚が麻痺(まひ)している。

後ろ手に繋がれた拘束具の鎖が、じゃらりと嫌な音を立てた。

水の音が聞こえた気がしたのは、気のせいだったのだろうか。

(喉が渇いたわ……)

いい加減、同じ体勢でいることにも疲れてきた。

エステルが地下倉庫に監禁された後よりジェラルドを見ていない。

(スタンリーたちは大丈夫だったのかしら？　今、屋敷はどんな状態になっているの？)

気がかりなことばかりが頭に浮かぶ。不安に胸が押しつぶされそうになる。

エステルは無実だ。

なのに、なぜサシャ王はクロウ隊を派遣したりしたのだ。

(お義兄様……)

ジェラルドとサシャ王が以前から親交があったのは知っていたが、彼がクロウ隊に所属していたことは知らなかった。

安寧を取り戻しつつある国で、特殊な部隊に所属する理由とは何だろう。知りたい。

けれど、知ったところでエステルにできることはない。

自分たちの進む道はとうに違えたのだ。

ライを身籠もったことを知られたとき、ジェラルドは口汚い言葉でエステルを罵り、詰った。愛のない言葉がエステルの心にあった彼への想いを粉砕したのだ。

浅はかだったと後悔したところで、過ぎた時間は戻らない。たった一度の愚行。そのせいで、エステルは持っていたほとんどのものを失ってしまった。

アルベールの妃候補という名誉、ルヴィエ伯爵令嬢という立場、積み重ねてきた努力、ルヴィエ伯爵からの期待。そして、ジェラルドへの恋心。

だが、たったひとつだけエステルの手に残ったものがあった。

ライだ。

あの子を守るためなら、命だって惜しくなかった。けれど、ライを守るためには命を捨ててはいけなかった。

エステルの五年間は、ライのためにあったと言って過言ではない。

そんな存在を、どうして手にかけたりするだろう。

殺害容疑だなんて、戯れ事にもほどがある。

ふと遠くから足音が近づいてくるのを聞いた。

石作りの階段をかかとのある靴が降りてくる。

ややあって、細い光が長い楕円を形取った。

眩しさに目を眇める。

ランタンを手に現れたのは、ジェラルドと、もう一人。

闇に紛れて顔はわからなかった。けれど、軍服を着ているのならクロウ隊の者だ。

「私は、ライを殺してはいないわ」

「そんなことは、どうでもいい」

薄闇に見えるのはジェラルドの手の部分だけで、彼がどんな表情をしているかは闇に隠れて見えなかった。

「アルベールはどこだ」

すぐには質問の意図がわからなかった。

「お前がミシュア子爵に融資していた金が、逃亡資金となっていたのは調べがついている」

「どういうことですの？　私はライ殺害の容疑で捕らえられたのではないのですか？」

王子アルベールは、幽閉されているのではなかったのか。

確かにエステルは二年前、養父であるルヴィエ伯爵から指示されミシュア子爵の口座にまとまった額を送金した。それが、アルベールの逃亡資金になったなど初耳だ。

（私も共犯者だと思われている……？）

だとしたら、何という屈辱だろう。

しかし、これで合点がいった。

どうりでサシャ王がクロウ隊を動かしてまで、エステルのところへ来たわけだ。

エステルは辞退した身とはいえ、一度はアルベールの妃候補だった。

その後、ゴーチエと結婚し、彼の死後、莫大な遺産を受け継いだことは貴族や平民の間でも話題になった。

しかも、エステルの住むアスヘルデンは辺境の地だ。隣国との国境からも近い。ゴーチエの人脈を頼れば、外国への逃亡も十分可能だろう。潜伏先に選ぶとすれば、これ以上ない好条件だ。

「私がアルベール様を匿っているとでも？」

ジェラルドたちの無言こそ肯定の意思表示なのだろう。

だが、アルベールとは社交界デビューのときに会ったきりだ。

彼が内紛終結後、サシャ王の恩情により生涯幽閉の身になったということも、新聞で知ったくらいだ。貴族たちからの書簡は頻繁にあるものの、融資と言う名の金の無心がほとんどで、逃亡の片棒を担ぐためのものはなかった。

「そのために私を謀ったのね。ライを殺した嫌疑だなんて、ひどい嘘までついて！　最低ですわ」

「言葉には気をつけろ」

威圧感のある声で凄まれる。

（――変わらないわね）

ジェラルドの口調はいつも高圧的だった。

エステルは腹の奥に空気をため込み、声を発した。

「私は無関係です。アルベール様が逃亡したことも、たった今知ったばかりだわ」

「口では何とでも言える。我らに素直に従えば、刑を軽くするようかけ合ってやろう」

「無実の人間に自白を強要させるのが、あなた方の優しさなのかしら」

「……忌々しい」

吐き捨てられた悪罵をエステルは睨みつけることで撥ねのけた。

「使用人たちはどうしたの？　ひどいことをしたら承知しないわ」

「今のお前に何ができる」

「少なくともあなたを窮地に追い込むことはできるでしょう。私がこの場で自害すれば、アルベール様の行方を捜すことはできなくなるもの」

「ほう、禁忌を犯すというのか」

ヴァロナール国の国教では自害は禁忌とされている。自ら命を絶てば、その魂は永遠に地上につなぎ止められ、生前の悲しみと苦しみを味わい続けるとか。

「致し方ありません。あなた方に屈するよりはましです」

「小賢しい女め」

「使用人たちには手を出さないで。彼らは何も知らないわ」

これは、明らかにえん罪だ。

だが、サシャ王は逃亡したアルベールを捕らえるためなら、無実の人間にでっち上げの容疑をかけるくらいわけない。

彼が継承争いに勝利したのは、武力で勝っていたからではない。頭脳戦が圧倒的に長けていたからだ。そんなサシャ王の手足となり戦場を駆けたのが、ジェラルドたちだ。

「眩し……」

おもむろに目の前にランタンをかざされた。橙色の明るい光に、視界が真っ白になる。

「よく回る口だな」

低い声音が顔のすぐ側で聞こえた。おとがいを摑まれ、強引に上を向かされる。

「取り澄ました人形みたいなお前が淡々と語る正論には虫酸が走る」

「申し訳ございません」

ようやく見えた琥珀色の双眸に浅く微笑みかけた。

「家を捨ててまでなりたかったものが、国王の犬ですの？　随分と奇特な夢でしたのね」

「貴様……っ」

いかなるときにも冷静であることを徹底的に教え込まれたことが、こんなところで役に立つなんて皮肉だった。

「私を拷問にかける時間をアルベール様の捜索に当てたほうが、よほど賢明ではなくて？　かつてあの方に尽力した方々を調べれば……」

「そうして、たどり着いたのがお前だ。エステル」

ジェラルドが鼻白んだ。

「素人が知った口を叩くな。お前と言葉遊びをしている暇はない。知っていることをすべて話すんだ」

「おしゃべりは得意ではありませんの」

「俺とは話したくない、の間違いだろう。そんなに俺は目障りか」

エステルが無言で微笑む。

今のはジェラルドの本心だ。エステルに対し抱いていた不満が口を衝いて出たのだろう。

（目障りなんて、一度も思ったことなどないわ……）

「誰もがその微笑みにごまかされると思うな」

「ご不快でした？」

「あぁ、――ずっとな」

かかげていたランタンを近くの木箱に置くと、ジェラルドが立ち上がった。「出ていろ」と後ろにいた隊員に告げる。隊員は物言いたげな雰囲気を醸し出しながらも、持っていた何かを手近な場所に置いて退出した。

薄闇に二人だけ。

それだけのことに、得体の知れない怖気が走った。

「俺にだけは真実を話せ」

わずかに声を潜めて、ジェラルドが言った。

「俺ならお前を救うこともできるのだぞ。強がるな」

おかしなことを言う。

そのための人払いだと言わんばかりの口調に、エステルは目を伏せ失笑した。

「……本当にお話しすることはありません」

最初にエステルが彼を拒み、ジェラルドもエステルを拒んだことで、エステルたちの関係も壊れた。

それは、互いの立場が変わっても変わることのないことなのだ。

「――そうか」

抑揚のない声に身体が強ばった次の瞬間。

カチャリ、と金具が擦れる音がした。

(何……?)

「真実を聞き出す術など、いくらでもあることを教えてやる。――舐めろ」

「ン――ッ!?」

口にぬるりとしたものが押しつけられた。熱くわずかに弾力のあるそれ。

(や――っ、な……んで!?)

正体を知り、思わず顔を横に逸らした。

だが、後頭部を鷲掴んだ手に無理やり前を向かされた。

「口を開けろ」

「ふ――ん、ン――ッ！」

男茎の先端をぐりぐりと押し当ててくる。

(嫌……、嫌！)

侵入させまいと、唇を固く閉じる。

「強情な」

忌々しげな呟きが頭上から落ちてくると、後頭部を下へ引っ張られた。

「あ……、――ンン!!」

急激な動作に声を上げたところを狙われた。強引に唇を割り、ジェラルドの欲望が押し

込まれる。

口腔いっぱいに満たされる質量に、エステルは目を剝いた。

「ん、んっ。ん……ふっ」

「喉の奥まで咥えるんだ」

(こんなの……入らない――)

「どうした。まだ半分もいってないぞ」

後頭部を押さえつけたまま、ジェラルドが腰をゆるりと振った。亀頭のくびれが口腔を擦り、先端が喉の奥に向かって入ってくる。

(苦し……っ)

肉茎が喉の過敏なところに当たる。口の中にたまった唾液が、律動に合わせて零れていった。

「しっかり舐めるんだ」

「ふっ、ん……んっ、ぅ……!」

限界まで口を開かされて、顎が痛い。なのに、ジェラルドはエステルの苦悩などお構いなしに、腰を進めてくる。息苦しさと恐怖心に顔は涙と唾液でぐちょぐちょだった。

「まだ呑み込める」

後頭部を掴む手で頭を前へと押しやる。すると、いっそう深くジェラルドのものが喉に入ってきた。

頬に体毛が触れた。

喉にある圧倒的な異物感に、表情が歪む。

「う……ぐ、ん……ふっ、ん、ん……っ」

腰の動きに合わせて、呻き声が出る。じゅるじゅると口腔を出入りする男茎の卑猥な水音と、どうすることもできない苦しさに頭がおかしくなりそうだった。

(も……う嫌)

ぎゅっと目を瞑ると、大粒の涙が頬を伝う。

ずるりと、肉茎が喉から抜けた。

「ごほ……っ、は……ぁ、はぁ……」

ほっとしたのもつかの間、再び、欲望が口の中に押し入ってきた。

「ん、ん――ッ!」

両手で顔を固定され、最初から根元まで咥えさせられる。そのままの体勢で、ジェラルドが腰を振り始めた。

「顔を上げろ」

命ぜられるまま、視線だけ上げた。

その間も、絶えず唾液が床に零れ落ちていく。

「はは……、これが老獪な爺から子種を搾り取った顔か」

愉悦を紡ぐ声は、興奮に上ずっていた。

「話す気になったか？」

苦しいと涙目で訴えれば、ジェラルドの琥珀色の瞳に嗜虐的な光が灯った。

「咥えているだけでは、男はイかせられん。ゴーチエを陥落させた性技を見せてみろ」

そんなもの、あるわけがない。

ゴーチエと同じベッドで眠ったこともなければ、夫婦の営みをしたこともない。

彼はエステルに興味を示さなかった、たった一人の男だった。

『息災に暮らすがいい。必要なものがあればスタンリーに言え』

しゃがれた声でそう告げられたのは、出会った直後のことだった。

求婚をしてきたにもかかわらず、ゴーチエは驚くほどエステルに無関心だった。結婚生活の中で、彼からエステルに声をかけてきたことは数えるほど。

エステルがすでに身重であることも、別の男の子どもを産んだときも、彼は一貫して無関心を貫き通した。

「この状況で考え事か。余裕だな」

「ふぐっ！」

腰を深く突き立てられたまま、先端を喉奥にねじ込むように顔を押しつけられた。息苦しさに身体が強ばる。

「そうだ、喉をしめろ。もっとよく扱け」

口の中でいっそう大きくなった欲望が、ごりごりと口腔を蹂躙していく。

「――ッ、出すぞ」

ジェラルドが息を詰めた直後、喉の奥に大量の飛沫がかかった。噎せると、ぼたぼたと口の端から零れていった。

「すべて飲み下すんだ」

二度、三度と腰を突き上げながらジェラルドが精を吐き出す。

窒息しそうな苦しさに、一瞬だけ目の前が真っ白に染まった。

(おわ……た……の……？)

口から空気が吸えるようになると、支えを失った身体が傾ぐ。床に倒れ込むまではしなかったものの、こみ上げてきたものを床に吐き出してしまった。

「う……ぇ……っ」

頭がくらくらする。身体を起こしているのもやっとの状態だった。

「これで終わりだと思うな」

「――え……？」

うつろな顔を上げると、嗜虐欲に染まった琥珀色の双眸があった。本物の獣みたいな獰猛(もう)さを感じる。

ぞくり、と本能が震え上がった。

「い……いや……、やめて」

足を動かし、後退った。

「誰に向かって言っている。やめてください、だろう」

「こんなこと……許されないわ。陵辱なんて、人として恥ずかしくないの！　今のあなたは獣にも劣るわ！」

恐怖が先立ち、声高に叫んだ。

ジェラルドが獲物を見定めるように目を細める。

「まだ立場を理解していないようだな。やめてほしいなら、知っていることをすべて吐け」

「やめて——触らないで！」

「聞けんな」

「きゃあ！」

身体を突き飛ばされ、床に転がされた。後ろ手に拘束された手が床に擦れる。裂傷の痛みにエステルは顔をしかめた。

（逃げなくちゃ——っ）

夢中で足を動かしてもがくが、ジェラルドがのしかかってきた。

「や、やぁぁ――ッ!!」

ドレスをたくし上げられ、下着を半ば破るようにしてむしり取られる。布が裂ける音に、背筋が震えた。

むき出しになった下半身を、大きく割り開かれる。露出した秘部にジェラルドの視線が注がれた。

「み……見ないでっ」

どうにかして足を閉じようとするも、脚の間にあるジェラルドの身体が邪魔をする。

雄々しくそそり立つ欲望の先端が媚肉を摩(さす)り、蜜穴を探り当てた。

ジェラルドが何かを見つけ、にやりと笑った。

「いやらしい女だ。もう濡れているじゃないか」

「――っ」

「口を犯されて感じたか」

「嘘……よっ、そんなはずない」

「ならば、これは何だ」

男茎の先端が秘部を下から上へと撫(な)でていく。ぬち、と濡れた音にエステルは目を見張った。

「とんだ変態か。それとも、天性の淫乱か。この身体を前にしたらゴーチエはひとたまりもなかっただろうな。あの執事はお前の愛人か？　物欲しげな目でお前を見ていたな」

「ち、違います！」

「お前は否定ばかりだ」

「あぁ——ッ!!」

何の準備もなく、太いものが秘部の中へ押し込まれていく。

身体を無理やり割り開かれていく痛みに、エステルはたまらず悲鳴を上げた。

「い……、痛……い……っ」

「これだけ……狭ければ……なっ！」

「ひあぁっ!!」

「子を産んだとは思えぬ身体だ。狭くてよく締まる」

「あ……あぁ……やめ……て、お……願い」

「処女のような初々しさだな。老いぼれたちはお前を存分に満たしてくれなかったとみえる」

くつくつとあざ笑う声を睨みつけた。

「スタンリーたちは……紳士……、あなたと……は、違う」

「俺があれよりも劣ると言うのか」

「あぁっ！」

肌がぶつかる音がして、身体の奥を怒張したもので突き上げられた。目の奥で細かい銀色の光が舞う。ずるずると粘膜を擦られながら、蜜口まで引き抜かれる。ひぃっと悲鳴を上げると、勢いをつけて最奥を抉られた。

「ひ——ぃ……っ」

鮮烈な痛みに、息すらできない。

ジェラルドは、何度も何度も大きな律動を繰り返した。そのたびに、頭の中が焼き切れるような痺れに襲われる。

（奥……が……、奥まで……届いて……る）

怒張した屹立に無理やり広げられた蜜道を、ごりごりと擦られる刺激にエステルは為す術もなかった。

開いたままの唇からは、ひっきりなしに嬌声とも悲鳴とも言える声が零れる。

五年前、たった一度きりの行為は荒々しさの中にも、エステルへのむき出しの愛があった。

けれど、ここにあるのはエステルを屈服させたいという支配欲だけ。

なぜ、こんな目に遭わなければいけないのだろう。

嫌われても、ジェラルドから敵視される覚えなどない。

それとも、彼はサシャ王の忠実な犬に成り下がってしまったのだろうか。エステルがサシャ王に仇なす可能性があれば、義妹であろうと牙を剝くとでもいうのか。

「い……ぁ、……あ……っ」

両手で腰を摑まれ、間断なく腰を抜き差しされる。腰骨に響く律動が痛くてたまらないのに、粘膜からはじわじわと痛みとは違う感覚も染み出ていた。

それは、徐々に身体に広がっていく。

ジェラルドが虐げている秘部の奥が、じわりと疼く。

(な……んで)

覚えのあるそれを、エステルは首を横に振って否定した。

(陵辱されて感じるなんて……あり得ない)

「あ……ぁ、……ぅ…ん、んっ」

快感に意識を向けては駄目だ。

そう思うも、ジェラルドが送り込んでくる振動と痛みに、心が乱れる。屹立の動きに合わせてぐちゅぐちゅと卑猥な水音が響いた。

「どうだ？　老いぼれとは違うだろう？」

「い……ぁ、……あっ、あ……」

「奥を突かれるのは苦手か。ゴーチエの逸物では、ここを慰めることはできなかったか」

「やめ……、あぁ……ぅん、ん」

「下の口は嬉しそうに吸い付いてくるぞ。――ここか」

「あぁっ!!」

背中をしならせ、顔を床に擦りつけた。じっとりと汗ばむ肌に乱れた髪が張り付く。床の木の匂いが鼻についた。

板間で揺さぶられているせいか、手も身体も擦れて痛い。

心ない言葉で心も傷ついている。

なのに、――どうして。

「あぁ……あ……っ、ん……！」

「どうした。陵辱されながら感じているのか？」

「ち……が……」

なけなしの矜持で肩越しに睨みつけると、ジェラルドが獰猛な双眸をぎらつかせた。

「あ……ぁ、あ――」

ずるりと、欲望が抜ける。

ジェラルドは隊員が置いていったものを手に取り、それをそそり立つ屹立に垂らした。扱きながらまんべんなく塗りたくり、同じものをエステルの秘部にも垂らす。とろりと粘りけのあるそれは火照(ほて)った身体には冷たすぎた。

「ひ……何……」

「すぐにわかる」

愉悦が滲んだ声を怪訝に思うも、理由はすぐにわかった。

（身体……熱い……）

液体が触れた部分が熱を帯び始めたのだ。

「……ふ……ぅ」

「効き始めたか。さすが即効性を謳うだけはあるな」

嘯くジェラルドの声も興奮していた。

ジェラルドは再びそれを手に取ると、今度は蜜穴の周りに塗りつけた。

「や――……っ、あ……あぁっ」

薄い皮膚に強烈な痒みが生まれる。

「うそ……やめ……てっ」

ジェラルドは指を秘部にも差し込み、ぐるりと中にも擦り付けた。

「あぁ――っ！」

じんじんと猛烈な熱が湧き上がる。熱くて痒くてたまらない。

触れられてもいないのに、蜜が秘部から溢れてきた。

たまらず腰を揺らめかす。足を開いては閉じるを繰り返し、もどかしさをごまかした。

けれど、そんなものではもうどうにもならない。

血脈に乗って全身に巡り渡った肉欲が、エステルから理性を剝ぎ取っていく。

何が欲しいのかは、身体が知っていた。

覚えたてのあの快感だ。

「……にい……さま」

喘(あえ)ぐように、ジェラルドを呼んだ。

浮かんだ涙で火照った頰を濡らしながら、ジェラルドに足を開いて見せる。

「中……かゆい……、掻(か)き……たい」

腰を揺らすたびに、蜜が滴り零れた。

「義兄様、……お願い、掻い……て。早く……」

足で腰を高く持ち上げなら、挿れてほしいと訴えた。

「義兄さま……にい……さま……っ」

涙ながらに哀願を繰り返す。彼が自分にとってどういう存在かなど、今のエステルには関係なかった。

ジェラルドの長大で太いものが欲しい。

あれでなければ、この渇望は収まらない。

唐突に宿った劣情の炎に頭の中が今にも焼き切れそうだ。

口の中まで渇いて熱い。舌で唇を舐めた。

「——魔性か」

「あぁ——ッ!!」

入ってきた熱塊に、エステルは顔をのけぞらせながら絶頂に飛んだ。

「あ……ぁ、い……いっ、気持ち……い!」

「獣の所業が気持ちいいか!」

狂ったように、ジェラルドが腰を打ち付けてくる。

エステルも半狂乱になりながら、よがり泣いた。

「ひぃ——ぁ、あっ。それ……だめ……っ」

「お前は人形なのではない。途方もなくいやしい女だ。これから、それを身体に覚えさせてやる」

「やめ——。ひぁ、あぁ——!!」

狂ってしまう。快楽に溺れ死ぬ。

エステルはあふれ出る蜜で身体の至るところを濡らしながら「やめて」と「いい」を叫び続けた。

もう何度達したかもわからない。

股の下にできた水たまりに、ジェラルドがいっそう興奮した声を出した。

「いいか、よく聞け。お前を支配するのはこの俺だっ」

「やめ……あ……うっ」

「俺だけのやり方でお前を従わせてやるっ！」

最奥をごつごつと突かれる快感に、目の前が何度も白くなった。

「い……く、また……くる……！」

「あぁ、俺の前で爆ぜて見せろ！」

「だめ……あ……あっ、あぁ――ッ!!」

だが、駆け上ってきた絶頂感は止められなかった。全身を震わせ、強烈な快感にぎゅうっと身体が強ばる。

ジェラルドのものを締めつければ、蜜道が熱いもので満たされた。

溢れた涙が熱い。

陵辱されながらも、全身を多幸感が包んだ。

ぐちゅ、ぐちゅといやらしい音ですら快感で、思考を蕩けさせていく。腰を打ち付けられるたびに性感帯に作り替えられた身体が歓喜に鳴いた。

「あ……あぁっ……」

それはエステルの声が出なくなっても止むことはなかった。

第二章　狂犬ジェラルド

陵辱。

ジェラルドの行為に、これ以上ぴたりと合う言葉はないだろう。朦朧とした意識と薄闇に灯るわずかな光、そして永遠とも思える長い苦痛。

口淫から始まり、身体の中に精を放たれても終わることはない。

「ひ……ぐぅ――っ」

また中に放たれた。

何度目になるかもわからない結びつきに、身体は疲労と快感で麻痺していた。

「気持ちいいのか」

吐精してもまだ長大な男茎が奥を突く。

「……ぁ……い……や」

「いいほどしゃぶりついて、何が嫌だ。ここは物足りぬと言っているだろうが」

「ひあぁ……ちが……う、……言って……な……い」

後ろから突かれる苦しみに喘ぐ。揺さぶられるたびに拘束具がじゃらじゃらと鳴った。

「も……ぅ、やめ……て。許し……て」

「お前が誰に与(くみ)したのか、徹底的にわからせてやる。また途中で意識を飛ばすなよ」

「そんなの……無理……っ」

「やるんだよ」

「あぅ……っ、……ぁ……あっ」

強く腰を使われると、奥が痛い。心が通わない性行為はただただ苦痛だった。

あのときより、ずっと心が痛い。

愛しい人の寝込みを襲ったことへの後ろめたさと、虚しさにくじけそうになりながらも、行為を止めることはできなかった。ジェラルドが情熱的になればなるほど、誰を思っているのかと泣きたくなった。

それでも、一度でいいから大好きな人に抱かれたかった。

思い出さえあれば、どんな苦痛にも耐えられる。——そう思っていたのに。

(これは罰なの？)

たくさんの人を傷つけてきたエステルに用意された罰。

だとしたら、なんて残酷なのだろう。

ジェラルドは目的のためなら手段を選ばない人ではない。彼は誠意ある人だ。

そんな人を冷酷にさせているのもまた、エステルなのだ。

「腕……いた……い」

腕だけではない。床についている膝も揺さぶられるたびに痛かった。

心も身体も、何もかもが痛い。

律動にあわせて零れた涙が床に散った。

「お前が素直になれば苦痛も終わる。簡単なことだろう」

ジェラルドは何もわかっていない。

苦しいのは身体だけだと思っているのだ。

「……抜……いて、も……奥……いや……なの」

「だったら、よく扱け。腰を振って奉仕しろ。それともまたアレを使ってやろうか？」

臀部（でんぶ）を叩かれ、痛みに悲鳴を上げた。

「ひ――、やめ……っ。する……からっ！」

再び力を漲（みなぎ）らせた欲望が内壁を押し上げる。亀頭のくびれの形までわかるくらい、みっちりと隙間なく埋めつくされた質量にエステルは目を剥いた。

それでも、やらなければ。

エステルは夢中で腰を使った。むせび泣きながら、一秒でも早くジェラルドが吐精してくれるのを祈る。

「お前の泣き顔は男を誘う」

吸い付いた粘膜を引きはがすようにくびれの部分がごりごりと動く。目の奥に銀色の光がいくつも瞬いた。

強すぎる快感に歯を食いしばるも、呑み込めない唾液が零れ落ちていく。

じゅぶ、じゅぶと濡れた音が地下倉庫に木霊(こだま)した。

「あ……あぁ……っ」

屈辱を感じているのに、止めどなく湧き上がる快楽に嬌声が止まらない。

「どうした。ここがいいんだろう?」

わざとエステルが敏感になる部分を狙って責めてくる鬼畜さには、屈辱しかなかった。

なのに、心に関係なく、肉体はジェラルドを求めてしまう。

快楽に慣らされた身体はなんて従順なのだろう。

やれと言われれば、エステルに拒むことはできない。

どんな卑猥なことだろうと、身体は動くのだ。

エステルを犯すずっしりとしたものが脈動している。絶頂の兆しに、エステルは期待と恐怖に身体を震わせた。

「いや……いやぁ――っ」

悲鳴を上げた次の瞬間、最奥に精の飛沫がかかった。

頭の中が真っ白になり、視界が真っ暗になる。

エステルが覚えていたのは、そこまでだった。


「……エステル」

ひやりと冷たいものが頬に触れた。濡れた布で口元を拭われる。

気遣わしげな声は、ジェラルドのものによく似ていた。

（な……に……？）

彼がこんな優しい声を出すはずがない。

エステルを犯罪者呼ばわりし、陵辱したばかりだ。いや、もしかしたら、今も無体を振るわれている最中なのかもしれない。

何も感じないのは、きっと心がそれを拒否しているからなのだろう。

まるで獣のまぐわいのようだった。

この空間に、人としての尊厳はない。

彼にとってエステルはもはや人ではないのだろう。

（――お義兄様はずっと私を人形だとおっしゃっていたもの）

ルヴィエ伯爵の言いなりになるエステルを、彼は忌み嫌っていた。顔を合わせれば、嫌そうに琥珀色の双眸を眇めていた。

（でも、全部私が悪いの）

ジェラルドの善意を踏みにじり続けたのはエステルなのだ。

そのせいで彼に嫌われても、エステルに文句を言う資格はない。できたことと言えば、徹底的に嫌われ者に徹することだけ。

「身体を拭く。少し脱がすぞ」

だから、この声がジェラルドのはずがない。

彼がエステルに優しさを向けたりはしないのだ。

それでも、ジェラルドに似た声の持ち主は布を水で洗う。

よれた立て襟の釦が外されていくと、少しだけ息が楽になった。肌に触れる布の冷たさが気持ちいい。

（――でも……）

「――ごめん……なさい、お義兄様……」

身体を拭くジェラルドの手が、びくりと止まった。

彼はジェラルドではない。

ならば、告げてもいいのかもしれない。

心の緩みから零れた本音が、口を衝いて出た。

現実の彼は、エステルを断罪した。

『どうせ貞淑なふりをして、散々男を咥え込んでいたのだろう？　女は恐ろしい生き物だな。――穢らわしい！』

エステルの不調の理由が妊娠だと知ったとき、ジェラルドはそう言い放った。

嵐の翌朝、エステルはジェラルドが目を覚ます前に、厩舎から一人逃げ帰った。誰にも見られていなかったと思う。

急いで寝る支度を調え、ベッドに入った。そうして、侍女ルイーゼが起こしに来るのを待ったのだ。

いつも通りの朝を迎えることで、何もなかったことにしようとした。

だが、現実は甘くはなかった。

その日に限り、ルイーゼではない侍女がエステルを起こしに来た。理由を尋ねれば、今朝から姿が見えないと言われた。

侍女の言葉になぜか嫌な予感がした。

『いかがなさいました？』

侍女の問いかけに、エステルは『気分が優れない』と言ってごまかすも、胸騒ぎは収まらなかった。

ルイーゼがエステルの前に現れたのは、朝食の後だ。

『ジェラルド様が放してくださいませんでしたの』

頬を染め、恥ずかしそうに話すルイーゼにエステルは唖然となった。

彼女の言っていることが理解できなかったからだ。

『何を言っているの？』

『ですから、申し上げたとおりですわ。エステルお嬢様。私、昨夜ジェラルド様に抱かれましたの』

直接的な言葉にただただ面食らう。

『そのようなこと……あるはずないわ。なぜ嘘をつくの!?』

強い口調で否定すれば、純情そうだった表情が一瞬、射貫くような視線を向けた。

『エステル様こそどうして嘘だとおっしゃるのです』

『そ――れはっ』

だが、事実を言えば、エステルがジェラルドに夜這いを掛けたことが知られてしまう。

言いよどむと、ルイーゼがくすくすと笑い出した。やがて、それは嘲笑（ちょうしょう）となりエステルを見下すものへと変わった。

『言えるはずありませんよね。言ったら最後。花嫁どころではなくなりますもの。純潔を散らしたなんて口が裂けてもあなたが言えるわけないわ！』

『ルイーゼ……？』

人が変わったような口調に驚いた。

『私は、ジェラルド様をお慕いしていたのです。結婚するなら、彼のような人がいいと思っていましたの。ですから、あの方の視界に入る機会を狙っていたのです。エステル様にはお礼を申し上げなくてはいけませんね』

『どういう意味なの？』

『ジェラルド様に、昨夜の相手は私だと申し上げました』

彼女が告げたのは、横暴な既成事実だった。

『そんな……そのような嘘、お義兄様が信じるわけないわ』

エステルとルイーゼは、お世辞にも似ているとは言えない。

『確かに、明るい場所なら見間違うことはありえませんね。私は宝玉と呼ばれるお嬢様の足下にも及びませんもの。でも、昨夜のジェラルド様は泥酔していました。そして、人の顔も判別できないほどの暗闇での出来事でしたもの。ごまかすことなんて造作もないことですのよ』

ルイーゼはおもむろにお仕着せの前釦を寛げると、鎖骨についた赤い痕（あと）を見せた。

『――それは』

『ジェラルド様はご自分がつけたものだと勘違いなさってくださいましたわ』

勝ち誇った声と誇らしげな表情を、エステルは凝然と見つめていた。

あろうことか、彼女は他の男がつけた痕を、ジェラルドがつけたものだと偽ったのだ。

『お嬢様、一夜の過ちをありがとうございます。これで、ジェラルド様と結婚することができますわ！』

――――ジェラルドと結婚。

エステルには訪れることのないものを、ルイーゼが手に入れた。それも、これ以上ないくらい卑怯なやり方で、横からかすめ取ったのだ。

（そ……んな……）

『あらあら、なんて顔をなさるの？　私はお嬢様の罪を隠して差し上げたのです。感謝されることはあっても、非難されることはないはずです』

楽しげに笑いながら、ルイーゼが服を整えていく。

『でも、アルベール様には知られてしまうでしょうね。お嬢様が純潔でないと知ったら、どう思われるかしら？　旦那様も無事ではすまないかもしれませんわね』

『あなた――ッ、なんて恐ろしいことを！』

『私のせいなのですか？』

責任の所在を問われれば、エステルは閉口するしかなかった。

『あははは っ、可哀想なお嬢様。せいぜい偽物の淑女を演じきってくださいまし。私はジェラルド様のお側でお嬢様が落ちぶれていくのを拝見させていただきますわ』

悪意に満ちた侮蔑の言葉を発しているのは、本当にあの優しいルイーゼなのだろうか。

『あなたは……私が嫌いだったの？　いつから？』

問いかけに、ルイーゼがすぅっと目を細めた。

『それをお尋ねになるのですか？　私がお嬢様のせいで受けた仕打ちをお忘れになったわけではありませんでしょう？』

エステルの失敗の責任は、エステルの周りにいる者たちが受ける。

それがルヴィエ伯爵のやり方だった。

理不尽な暴力に耐えきれず、十一年で何人の付き人が代わっただろう。その中でも、ルイーゼだけはルヴィエ伯爵の折檻に耐えた。

泣いて詫びるたびに『大丈夫ですのよ』と許してくれた。エステルは、彼女の優しさに親愛を感じていた。

でも、エステルは思い違いをしていたのだ。

ルイーゼがエステルの側を離れなかったのは、ジェラルドを想っていたから。ルヴィエ伯爵はエステル付きを降りた使用人は解雇してきた。

無体に耐えてきたのも、ジェラルドに近づくきっかけを探していたからに違いない。

彼女はエステルを好きでいてくれたわけではなかったのだ。

『まぁ！　そのような悲しい顔をなさらないで。お嬢様のことなど誰も好きになったりしないことはご存じでしたでしょう？』

心ない言葉が、心に突き刺さる。

（私は……誰からも好かれない……）

『素晴らしい機会をくださり、感謝いたしますわ』

その後、ルイーゼとどんな会話をしたのかもよく覚えていない。気がついたときには、部屋を飛び出していた。

使用人たちがエステルの様子に面食らっているのもかまわず、ひた走った。もちろん、向かった先はジェラルドのところだ。

『お義兄様っ！』

淑女としての礼儀も忘れ、荒々しく扉を叩く。

『ジェラルドお義兄様っ、開けてください！』

執拗に扉を叩き、何度も声を上げた。

一向に反応がないことに、たまりかねたエステルがついに無断で扉を開けてしまった。

だが、ジェラルドの姿はなかった。

（どこにいらっしゃるの？）

『ジェラルドお義兄様は、今どちらにいらっしゃるの!?』

通りがかった使用人にジェラルドの居場所を尋ねるも、『それが……お姿が見えないのです』と言われた。

ジェラルドとエリーゼが一緒にいたとこそこそと噂する声が耳に入り、エステルは思わずカッとなる。

『朝はいたのでしょう！』

誰かが二人の様子を見ていなければ、ルイーゼとの噂が流れるはずがない。

咎(とが)めるような口調に、使用人が肩を縮こまらせた。

『……あなたを責めるのは違うわね。知らないのなら、いいの』

『失礼いたします』

そそくさと立ち去る使用人を見送りながら、重たいため息をついた。

（私ったら。あれじゃ八つ当たりだわ）

彼女がルイーゼと同じお仕着せを着ていたのも、苛立ちを向けた理由だった。

（どこへ行ってしまったの）

屋敷を空けることの多いジェラルドだったが、こんな日まで出かけなくてもいいのに。

（でも、――お義兄様に会って、どうしたいの？）

勢いだけで飛び出してきたが、ジェラルドに何を言うつもりだったのだろう。

昨夜、あなたが抱いたのは私だとでも言うのか。
エステルとルイーゼを間違ったくらいだ。きっと真実は覚えていないに決まっている。
そんな人に何を求めるつもりでいるのだろう。
『どうした、エステル』
かかった声に、背筋が凍った。
『……お義父様』
『挨拶（あいさつ）はどうした』
『お……おはようございます、お義父様。いつお戻りになられたのですか？』
『先ほどだ。ところで、お前はそこで何をしている。そのような姿、はしたないぞ』
はっと我に返り、エステルはナイトガウンの前身頃をたぐり寄せた。
『申し訳ありません――』
『今朝は屋敷が騒がしいな。噂の真偽でも確かめにきたのか』
耳ざとい人だ。
もうジェラルドとルイーゼの噂を知っているのだ。
『……私付きの侍女とのことですので、無関係ではないと思いました』
エステルにはそう言い繕う以外なかった。
真実を口にすることはできない。純潔でなくなったと知られれば、誰がどんな目にあわされるかわからなかった。

ジェラルドか、ルイーゼか。それとも、他の者たちか。

『それより、今朝は具合が悪いと聞いているが、起きていて大丈夫なのか？』

『――は、はい。……いえ』

どっちつかずの返事に、ルヴィエ伯爵が苦笑する。

『どっちなのだ』

『無理をしたせいか、少し目眩がしてまいりました。……部屋に戻ります』

『それがいい。エステルを部屋に連れて行ってくれ』

『かしこまりました』

ルヴィエ伯爵の後ろに控えていた執事が、『お嬢様』と部屋へと誘った。

『……失礼いたします』

平静を装いながらも、心臓は壊れてしまうくらい早鐘を打っていた。ルヴィエ伯爵の碧色の目に、エステルは心の奥まで見透かされているような錯覚に陥る。

昨日の自分と今日のエステルは違う。

ルヴィエ伯爵に秘密を持ってしまったことが、震えるほど恐ろしく、不安でたまらない。

エステルは必死に緊張を見透かされないよう努めながら、足を進める。

『エステル』

『――ッ』

心臓が止まるかと思った。

ぎゅうっと胃が絞り上げられる。エステルはゆるりとルヴィエ伯爵を振り返った。

『お義父様、どうかされまして？』

『――いや。ゆっくり休めよ』

『ありがとうございます』

会釈をして顔を前に向けた。生きた心地がしなかった。

半月後、国王が崩御し、遂にアルベールとサシャの王位継承争いが勃発した。

妃候補として王宮に上がるどころではなくなり、ルヴィエ伯爵はエステルを有力な貴族のもとへ嫁(とつ)がせることも算段するようになっていた。

エステルの美しさは社交界でも噂になるほどで、婚約話が事実上白紙になったことを知るや否や、貴族たちからの求婚は後を絶たない。

エステルが体調不良を訴え倒れたのは、ちょうどそんなときだった。

医師の診断の結果は、懐妊。

あろうことかジェラルドの子を身籠もってしまったのだ。

『どういうことだ、エステル!!』

当然のことながら、烈火のごとく激怒したルヴィエ伯爵は、エステルの腹を蹴飛ばさん勢いで怒鳴り散らした。

『妊娠しただと!?　お前はこれから何をすべきか、わかっていないのか!!』

突き飛ばされた勢いで、エステルは床に転がった。が、すぐに身体を起こし、ルヴィエ伯爵の前で床に頭を擦りつけた。

『も、申し訳ありません。お義父様……っ』

『軽々しく私を父と呼ぶな!!』

手にした鞭を振り下ろさなかったのは、執事たちがルヴィエ伯爵の腕を摑んで止めたからだ。

『医者を探せ。口の固い医者だ。幾ら積んでもかまわん。今すぐエステルの腹から子どもを引きずり出せ！』

『そんな――っ、お許しください。それだけは――』

懇願を口にしながら、夢中でルヴィエ伯爵の足に縋りついた。

『お前に今さら同情の余地があると思うのか！　何のためにお前を育ててきたのかわからないわけではないだろうっ。それを、よくも――っ！』

『旦那様っ!!』

執事の制止を振り切り、ルヴィエ伯爵がエステルを振り払った。再び、床に倒れ込む。革靴がエステルの頭を踏みつけた。

『あぁ——ッ』

『私がお前をここまで仕上げるために、いくらつぎ込んだと思っている！　娼婦の娘だったお前に贅沢をさせてやったのは、誰だ！　誰のおかげで生きていられると思っている!?お前は恩に報いようとは思わんのか!?』

『お……、お許しくださいっ。すべてお義父様のおかげでございます！』

『嘘をつくな!!　ならば、お前の仕打ちはどう説明する！　相手の男は誰だ!?』

『お許しくださいっ』

『旦那様っ、それ以上はなりません!!』

執事がルヴィエ伯爵を羽交い締めにしてエステルから引き剝がした。

『……お願いでございますっ。どんな罰も受けます。どんなこともいたしますっ。ですから、どうかこの子の命を奪うことだけはご容赦ください……』

『ならば、今すぐ腹のものをなくしてこい！』

『ごめんなさい、ごめんなさい。お義父様……っ』

エステルのすすり泣く声と、ルヴィエ伯爵の荒々しい息づかいが部屋に木霊する中、執事がおもむろに口を開いた。

『旦那様。ゴーチエ・ブルナン氏をご存じでしょうか？　いかがでしょう、彼にお嬢様を与えるのです。ブルナン氏は高齢で結婚歴もございません。商業の才はあれども、その偏屈さから親戚たちとの交流はほとんどないとか。……これは、好機でございます』

囁くような声音に、ルヴィエ伯爵の目から怒りが薄まっていく。

『お嬢様をブルナン氏のもとへ嫁がせれば、おのずと生まれてくる子は実子となりましょう。男児であれば跡継ぎにもなります。遺言があれば、莫大な財産はすべてお嬢様たちのものとなりましょう』

この瞬間、エステルには新たなレールが引かれた。

『だが、アルベール様が勝てば、国王だ。エステルは王妃となるのだぞ！』

『ですが、サシャ様を推す改革派の勢いに押されているとも聞きます。……ジェラルド様率いる部隊が行くところは、のきなみ勝利の狼煙を上げているとか』

『あいつめ……っ』

ルヴィエ伯爵が忌々しげにエステルを睨んだ。

『アルベール様が王位に就く保証はございません。敗北すれば、アルベール様に荷担した者たちは処分されるでしょう。ならば、新たな財を確保すべきです』

ちらりと執事がエステルを見遣った。

『腹の子を利用する……か』

『はい』

執事の言葉に、ルヴィエ伯爵がまなじりを決する。

『――お前の覚悟、見せてみろ。私に報いるんだ』

それからエステルは、婚礼準備も整わないうちにゴーチエのもとへ嫁ぐこととなった。すべては、エステルの腹が目立たないうちにという理由からだ。

エステルは当日まで屋敷で謹慎。中庭に出ることすら許されなかった。

すべての準備が慌ただしく整えられていく中、ジェラルドが一度だけ屋敷に戻ってきた。そのときにはすでに屋敷に彼の居場所はなかった。危険を冒してまで戻ってきた理由とは何なのか。

夜のテラスに舞い降りてきたジェラルドは、黒い軍服を着ていた。均整の取れた体軀を見せつけ、禁欲的でありながらも官能的な雰囲気を滲ませる姿に、エステルは釘付けになった。

『――子を身籠もったそうだな』

唸(うな)るように発した声だった。

ジェラルドが知り得るはずないことを、どうして知っているのだろう。

(ルイーゼだわ)

すぐに心当たりに見当がつくも、ルイーゼは使用人を辞めて屋敷を去っている。だが、屋敷の誰かが彼女に言ったのかもしれない。

もしかして、彼もあの夜のことを何かしら思い出したのだろうか。

（だから、確かめにきたの？）

とはいえ、確信が持てず、視線を彷徨わせた。

『ご……ごめんなさい、お義兄様……。私、こんなことになるなんて――』

『はっ、何を謝る。俺に詫びる理由でもあるのか？』

『――え？　お義兄様……』

躊躇ない否定に、自分が大きな勘違いをしていることを知った。

口ごもれば、『あばずれが』と罵られた。

『誰の子だ』

『……そ……れは』

『どうせ貞淑なふりをして、散々男を咥え込んでいたのだろう？　女は恐ろしい生き物だな。――穢らわしい！』

心が壊れる瞬間だった。

なぜ、彼がそう思ったのかが理解できなかった。

エステルが容易に異性と関係を持てる環境になかったことは、ジェラルドもよく知っているはず。にもかかわらず、彼はエステルをあばずれだと罵ったのだ。

――ジェラルドは、何も思い出していなかった。

そればかりか、エステルは誰にでも身体を開く女だと思っている。

強烈な衝撃に、悲しみすら感じなかった。

ただ呆然とジェラルドを見つめることしかできなかった。

何も言い返せないでいると、ジェラルドはそんなエステルを一笑に付し、姿を消した。

エステルはぺたりとその場にへたり込んだ。

『ふ……ふふ……、……ぅ……うっ』

左手首を握りしめ、面白くもないのに笑いがこみ上げてくる。しかし、すぐにそれは嗚咽となった。

顔を覆い、嗚咽を呑み込んで自分を納得させる。

これでいい、と。

彼は二度と自分には近づかないだろう。

それでも、溢れる悲しみが涙となって零れた。肩を震わせ身体を前後に揺らしながら、エステルは声を殺し泣いた。

砕けた恋の欠片を涙ですべて流しきるまで、泣き続けた。

七ヶ月後、エステルは無事、男児ライを出産した。

騙すようにして授かったジェラルドとの子どもだったけれど、エステルは育てられなかった。

「ライを……死なせて……ごめんなさい……」

詫びきれない後悔がある。

「守りきれなくて……ごめんなさい」

夢の中なのに、涙が頬を伝う感覚があった。

ジェラルドによく似た人は、何も言わなかった。


意識がはっきりとしたのは、顔の前にランタンを近づけられたからだ。

光を遮りたくて、手を顔の前にかざす。

（あ……）

何気ない動作に、驚いた。

拘束具が外れている。

（いったい、どうして）

だが、手が軽い。反対の手で手首を撫でて自由を味わった。

いつの間に拘束が解けたのだろう。

反射的に左手首に触れた。

（――よかった。ちゃんとある）

お守りとしてずっとつけているブレスレットの存在にほっと胸を撫で下ろしたときだ。

「ようやく起きたか」

呆れ声にはっと顔を上げた。

ランタンのぼんやりとした橙色の光が、ジェラルドを映し出していた。

どうやら、自分は気を失っていたらしい。

優しい夢を見ていた。

(私はどうして、こんな目に……。あぁ、アルベール様が逃亡したからだったわ)

エステルにかけられた嫌疑はライ殺害ではなく、アルベール逃亡に荷担したことだ。

真相は違う。

しかし、疑われているのなら、誰かが仕向けたことなのだろう。

エステルには、心当たりがあった。

(——お義父様……)

だとすれば、エステルにはルヴィエ伯爵が描いたシナリオが容易に想像がつく。

「……使用人たちは無事なのですか?」

「意識が戻った途端、それか。まずは自分の身を心配するべきではないのか」

あざ笑う声が地下倉庫に響く。

「あなた方が信用に値しないからです」

エステルは真正面に立つジェラルドを見上げた。

今はあの奇抜なマスクは着けていない。

野性味溢れる整った顔立ちに、ランタンの明かりが陰影を落としていた。

「これがクロウ隊のやり方なのですね。尋問など口先だけで、獣以下の行為しかしない。犬には国王陛下の権限は持て余すのではなくて？」

喉の奥に違和感が残っている。

股関節も下腹部もひどく怠い。

何回この場で彼に犯されたのだろう。

「気はお済みになりましたか？　それとも、また私を犯すのかしら」

「食事の時間だ。食べろ」

言われて視線を床に落とせば、トレイに軽食が乗っていた。パンに燻製肉と野菜を挟んだサンドイッチに、食べやすいよう切り取られたオレンジが三つ。グラスには並々と注がれたミルク。

どれも手づかみで食べられるものばかりなのは、武器となるものを与えたくないからだろう。

(随分と警戒されているのね)

挑発的な態度を取り続けているのだ。そう思われても仕方がない。

エステルは置かれた立場に、小さく笑った。

しかない。

「何がおかしい」

「……」

エステルは一度だけ顔を上げるも、すぐに横を向いた。

「食べるんだ。そのような細身で絶食など、苦しいだけだぞ。それとも、望み通り尋問を始めてやろうか」

仮にエステルに嫌疑がかかるよう仕向けたのがルヴィエ伯爵なら、エステルは口を噤むしかない。

もとより、アルベールの行方など知るわけがないのだから。

「先ほどまでの威勢はどうした。黙秘は何のためだ？　今さら保守派を庇ったところで、お前に利はない。捨て駒になるのが関の山だ」

「……どうして私が捨て駒だと断言できるのです」

「俺を苛立たせるな」

強要されたところで、食欲なんて湧かない。

（あんな夢、見たくなかった）

ジェラルドがエステルを気遣うはずがない。夢が綺麗なほど、現実の残酷さに辛くなる。

無言で首を振れば、大仰なため息が聞こえた。

しゃがみ込んだジェラルドが、オレンジを一房摑むとエステルの口元に寄せた。

「エステル、食べるんだ。オレンジは好きだっただろう」

ルヴィエ伯爵は、おそらくエステルが罪人となって処刑されることを望んでいる。彼にとってエステルは用済みの駒なのだ。

「――喉が痛むの」

半分嘘で、半分本当だった。

オレンジを持つ手がかすかに震えたように感じた。

「お前が素直に従わないからだ」

「――私は無実です」

「嘘だな」

「……ほら。頭ごなしに否定されるのなら、何を言っても無駄ですわ」

自嘲気味に笑い、目を伏せる。

ジェラルドが不快そうに眉を寄せた。

「ならば、真実を話せ」

怒気のこもった声で脅されても、伝わらない言葉をこれ以上発する気はなかった。

頑なに口を閉じていると、ジェラルドがオレンジを自分の口に放り込んだ。

「アルベールの潜伏場所を言え」

「……」

「ミシュア子爵は何と言ってお前に話を持ちかけてきた。見返りは何だ。持て余す身体を慰めでもしてくれたか。母親とはいえ、お前も女だ。欲望に身体を熱くする夜もあっただろう」

「——やめてっ。あの方は……あなたとは違う！　そのようなふしだらなことするわけないわ」

実際はミシュア子爵と会ったことはなかった。

しかし、疑いを自分に向けさせ続けるには、知っているかのように振る舞わなければいけない。

「お前はミシュア子爵と会ったことがあるのだな」

ジェラルドがにやりと口端を上げた。

怪訝な顔をすれば、「ミシュア子爵は実在しない。逃走資金を蓄えておくために作られた架空の銀行口座名義人だ」と告げられた。

「——ッ、私を騙したのね」

「お前のその言動で、俺は何を信じろと？　架空の人物をさも会ったことがあるように語るお前とまともな会話ができると思うのか？　信頼されたいのなら、それに値するだけのものを見せろ」

彼の言い分はもっともだった。

何も知らないくせに、知ったような態度を取れば、ボロが出るのは当然だ。

それでも、ルヴィエ伯爵がそれを望む以上、エステルは演じなければいけない。

「都合が悪くなるとだんまりか。また身体に聞いてやってもいいんだぞ」

「お好きになさればいいわ。……私に拒否権はないのでしょう？」

「それほど犯されたいのか」

唸り声にも似た声音が、エステルを責めている。

エステルはゆるりとジェラルドを見上げた。

「どうぞ、お好きに」

「――ッ」

次の瞬間には、仰向けに倒されていた。乱暴に衣服を乱され、秘部を露わにさせられる。

蜜穴に入ってきた指の感覚に、エステルは小さく呻いた。

窮屈さを覚えたのもいっとき、すぐに身体は陵辱に慣れていく。

忙しなくジェラルドがベルトのバックルを外し、欲望を取り出した。まだ完全に漲って
はいないそれを手で扱き上げる。

無言で蜜穴にあてがわれると、一息で最奥まで突かれた。

「あぁ――っ」

始まった律動に身体が揺れる。ごつごつと床に当たる背中が痛かった。

「あ……ん、……ぅん、んっ」

かり首が粘膜を擦る。びりびりとした刺激が肌の下を走っていった。

「は……ぁ、あ……」

「こんなことが気持ちいいのか」

詰る声に、心からは鮮血がほとばしった。

心の伴わない行為が気持ちいいわけがない。けれど、植えつけられた快感に身体は抗えないのも事実だった。

（心が……壊れていく）

突かれればずんと重い快感が脳を揺らし、内壁を擦られれば焦れったい疼きに悶える。

感じたくないのに、嬌声は止まらなかった。

「すぐにだらしのない顔になる。お前は天性の淫乱だな」

腕を取られ、上体を引き起こされた。ジェラルドの腰を跨がされ、向かい合う体勢になる。自分の重みで深くジェラルドのものを咥え込んでしまう感覚と、下から突き上げられる刺激に秘部がきゅうっと締まった。

「……ッ、締めつけすぎだ」

背中と腰に手を回されると、まるで抱きしめられているような格好になった。

すぐ近くでスカーレットの髪が揺れている。

薄闇でもエステルには色鮮やかな髪の色が見える。思い出に刻み込まれた色だ。

「は……っ、あ……ア」

(触れたい)

揺さぶられながら、どんどん気持ちが高まっていく。

髪の間からのぞく琥珀色の双眸が挑むようにエステルを見ていた。ぞくり、と言いようのない胸の高鳴りを感じた。

間近で見つめる造形美に釘付けになる。

(あ……あぁ、……お義兄様……)

双眸に欲情の焔が垣間見える。

これは、陵辱。

行為に心はないのに、どうしてそんなものを見てしまうのだろう。まるで、ジェラルドがエステルを求めているようではないか。

(そんなわけ……ないのに)

彼はエステルを嫌っている。

夢の中みたいに、もうエステルを労ってはくれないのに、どうして。

唇が触れ合うほど近づいた距離で、互いの呼吸を感じていたい。

痛いくらい乳房の先が張り詰めている。

いつの間にか、エステルも積極的に腰を動かしていた。

「は……あぁ……っ、あ……んっ」

びくん、と身体が跳ねた刹那。

ジェラルドの欲望も爆ぜた。


ことが終われば、熱情も冷めていく。

「退け」

そっけない声に、エステルは怠い身体を持ち上げた。欲望が出ていけば、放たれたばかりの体液が内股を伝い流れてくる。

「……ぅ」

慣れない感覚だった。

――いつまでこんなことが続くのだろう。

無意識にブレスレットを袖の上から撫でた。

「……腕が痛むのか」

「あ……、いえ」

目ざといジェラルドから、左腕を背中に隠した。

「見せてみろ」

「や――っ」

力尽くで手を取られ、袖を捲られる。

「何だ、これは」

「駄目っ、見ないでください!!」

ブレスレットに目を細めるや否や、ジェラルドがまじまじと見つめた。

「ほぅ、薄型のロケットになっているのか。確認させてもらう」

「やめてっ、離してください！　コレに触らないで!!」

むしり取られそうになり、エステルは血相を変えた。

「よほど大事なものと見た。何が入っている」

「あなたが望むものは入っていません！」

右手で左手首を隠し、叫ぶ。

「それは俺が判断することだ。寄越せ！」

「あぁっ！」

強引に奪われ、紐が引きちぎられた。鈍い音にエステルは目を見開いて絶叫する。

「やぁぁ――ッ!!」

あまりの取り乱しように、ジェラルドが瞠目した。

「何だ――……」

「やぁっ、いやあぁぁ――っ!!」

泣き叫び、ちぎれた紐を探した。だが、薄闇の中ではうまく見つけられない。身体を床にへばりつかせるようにしながら、両手を這わせて辺りを探った。

「お、おい。何をしている」

「どこっ、どこにあるの!?」

「エステル、何をしているんだ！」

「あ……あぁぁ――」

無くしてしまった。

命よりも大事なものがちぎれてしまった。

(あれしか残っていないのに)

ライに繋がるものは、あのブレスレットしかなかったのだ。

蹲(うずくま)り、嘆き泣いた。

ジェラルドがどんな目で自分を見ているか、考える余裕などない。

「たかが、ブレスレットごときで喚(わめ)くな！」

「たかがではありません!!」

耳を疑う罵倒に、エステルは叫び返した。

あの紐にはライの遺髪を織り込んであったのだ。

ジェラルドにとっては無価値なものでも、エステルには命よりも大事なものだった。

(ちぎるなんて……あんまりだわ)

いつも彼はそうだ。

自分の見たことだけが正しくて、他は悪なのだ。

五年前も今も、それは変わらない。

ジェラルドは何も見ようとしていない。

「いっそ殺してください」

ライが死んだとき、エステルの心も死んだ。彼がいたからこそ、エステルは生きていたのだ。未練がなくなった世界をどうして惜しんだりするだろう。

先の見えない不当な扱いを受けるくらいなら、この場で死んだほうがましだ。

「馬鹿馬鹿しい――」

だが、ジェラルドにはまたエステルの言葉は届かなかったらしい。

一蹴(いっしゅう)し、顎を摑んで上向かされた。痛みと共に無理やり口を開けさせられる。そこに肉の棒を突き入れられるまで、さほど時間はかからなかった。

まだ芯のないそれは柔らかく、それでも十分な質量と長さがあった。

「そう易々と殺してたまるか。お前にはその生が誰のものなのか、骨の髄(ずい)まで思い知らせたいからな、勝手に死なれては困る」

さっき達したばかりのものは、エステルの口の中でみるみる育っていく。伸びた先端が喉の奥を突いた。

「……ぅうっ」

「あのブレスレットは誰からもらったのだ。ゴーチエか？　あんな安物を大事にしているとは驚きだな」

鼻が股間の茂みに隠れるくらい、強く後頭部を押しつけられた。

「ふ……んん――ッ」

ごりごりと喉を擦られる。こみ上げてくる嘔吐感は何度経験しても慣れない。欲望を抜き差しされるたびに、口にたまった唾液がだらだらと口端から落ちていった。

（苦しい――っ）

それ以上に、心が潰れそうだった。

どんなに安物でも、エステルにとっては唯一の宝物だったのに。

「苦しそうだな。ゴーチエはさぞお前に優しくしてくれたのだろうな」

エステルは苦痛の涙を浮かべながら、拳を握りしめた。

苦しいのに、息苦しさからは逃れる術がないからだ。

「う……う……く、……ぅ……ん」

涙目でジェラルドを見上げた。

（そんなに私が嫌いなの――）

どれが彼の逆鱗に触れたのか、わからない。

それほど、エステルは嫌われることしかしてこなかったからだ。

「泣くほど嫌か」

喉を鳴らして、ジェラルドが不敵に笑う。

屹立が喉の奥を突いた。

「ふ……ぐぅ……ン、ン!!」

ざわりと肌が粟立ち、身体の強ばりが解けていく。

苦しさが、徐々に快感へと変わっていく。

「あの男を愛したのかっ」

「ん、ん――っ」

ふいに喉奥にどろりとした飛沫がかかった。

間断なく注ぎ込まれる精の多さに目を剝く。まだ吐精の途中で男茎を引き抜かれると、白濁の体液が顔中にかかった。

どちらともない荒々しい息づかいが地下倉庫に木霊した。

あとどれくらい穢され虐げられるのだろう。

意味のない生を生きるくらいなら、自ら命を終わらせてしまいたいと思うのは、そんなにいけないことなのだろうか。

「……そうだと頷けばよろしいの？」

喉の奥に絡まる体液に噎せながら、告げた。

「何だと？」

「恋しいと、あの方を愛していると言えばいいのでしょう！」

エステルが誰を愛そうと、ジェラルドには関係のないことだ。彼がむきになる理由なんてない。

「ゴーチエ様はとても優しくしてくださいましたっ。あなたのような人とはすべてが違っていた。紳士で、穏やかで、いつも私を見守ってくださいましたわ！」

嘘でも、ジェラルドに一矢報いることができるのなら何だっていい。

ジェラルドを見上げれば、双眸には苛立ちがあった。

なんて不愉快そうな顔をするのだろう。

(もう終わりにするの)

エステルは艶やかに微笑んだ。

「私がアルベール様の逃亡をお助けいたしました」

「――貴様、何を言っているのかわかっているのか」

「一度でも罪を認めれば、覆すことはできないのだぞ。お前はそこまでして、あ、、あの男に尽くすのか！」

「ええ、もちろんです」

えん罪を認めることが、どうゴーチエに尽くすことになるのかはわからない。

エステルは、ただ不幸しか呼ばない人生を終わらせたかったのだ。

ジェラルドには一生かかってもわからないだろう。

実の父親と衝突こそしていたが、ジェラルドはいつだって自由だった。好きな場所へ飛び立てる翼があった。

欲しいものを叫ぶことができていた人に、エステルの苦しみなどわかるわけがない。

ならば、終わらせてしまえばいい。

ライの形見は壊された。もうこの世にエステルを引き留めるものは、何もないのだ。

「——すべて私がしたことです」

「エステル！」

ルヴィエ伯爵は、ゴーチエの遺産目的でエステルを嫁がせたのだ。目的がアルベール逃亡に荷担することに変わったとしても、自分が彼の人形であることに変わりはない。

(でも、こんな私でも命を産み出せた)

果たして、ライを愛せるのか産んでからも不安だった。愛されたことのない自分が、子どもを育てていけるのだろうか。

エステルが知っている愛は、ジェラルドがくれた慈しみだけ。

教えてくれたことを、ライにも伝えた。

してもらって嬉しかったことを、余すことなくライにもした。

抱きしめること。惜しみなく愛を伝えること。口づけること。喜びを手紙に綴る(つづ)こと。

温もりを感じれば感じるほど、ライが大切になっていった。

大好きでないなら、抱きしめたりしない。

愛しいから身体を寄せ合うのだ。

片時も離れず、ライの成長を見続けていくことで、温かな感情は胸をいっぱいにした。

グラスから水が溢れるように、唐突にライへの愛を自覚した。

そして、命をくれたジェラルドを想った。

年を追うごとにライはジェラルドの面影を濃くしていた。スカーレットレッドの髪、琥珀色の瞳。活発で快活なライに、幼い頃のジェラルドを想った。

愛とは育む(はぐく)もの。

無価値な存在をライが価値あるものにしてくれた。

母親という尊い役目をくれた。

（守りたかった）

かった。

遺産を私的に使うことに抵抗はあったが、ライの秘密をちらつかされれば従うしかなかった。

ルヴィエ伯爵は、ライの出生を世間に公表すると脅したのだ。

ゴーチエが残してくれた遺産は、ライを育てるため。そして、村の維持に使われるためのもの。生前のゴーチエがしていたことを受け継いでいくことが、相続するための条件だった。

世間はゴーチエを偏屈な頑固者と敬遠したが、どれだけの人が本当の彼を知っていただろう。

無関心を装っていたが、彼はエステルに快適な環境をくれた。命令されることのない暮らしを与えてくれた。自由をくれた。エステルは結婚して、ようやく自分の時間を持つことができたのだ。

子どもを産んでからは、エステルが育児に困ることのないよう配慮してくれたことを知っている。エステルがうたた寝をしているときを狙って、ライを抱き上げあやしている姿も見ていた。

恋慕のような焦がれる想いは抱けなかったが、ゴーチエには感謝していた。

(でも、みんないなくなってしまった)

愛した人は、必ず不幸になる。

エステルが彼らを不幸にするからだ。

「どうぞ、罰してくださいまし」

倒れ込むように、頭を床に押し当てた。

沈黙が地下倉庫に落ちる。

「――認めん」

ややして、低い声が唸るように告げた。

「ねつ造した自白が証拠になるか！」

恫喝が木霊する。

エステルはのろのろと顔を上げた。

おかしなことを言う。頭ごなしにエステルを罪人扱いしていたのは、誰だ。

「いいか、よく聞け。俺が欲しいのはお前の嘘などではない！　真実だ。嘘偽りのない言葉で話せっ」

「そんなもの、必要ありません」

「俺には必要だ！　これ以上、俺を惑わすな」

謎めいた言葉を吐き捨てると、ジェラルドは足音荒く地下倉庫を出ていった。

ランタンの明かりが消えれば、また闇が深くなる。

静寂に、エステルの疲れた吐息が染みた。

豪奢(ごうしゃ)な通路を大股で闊歩しながら、ジェラルドは静かに憤っていた。

(罪を認めるだと――。ふざけるなっ)

エステルがアルベール逃亡に荷担していた。それは、あらゆる証拠を集め、審議し、導き出した結論だった。

◇◆◇

しかし、ジェラルドはどうしても信じられないでいた。

疑いをかけるのなら、ルヴィエ伯爵のほうだ。

大臣を失脚させられ、財を没収されて貧乏貴族に成り下がった伯爵だが、五年経った今も生活の質が落ちてはいない。

彼の生活を支えていたのは、エステルに違いない。伯爵の命令に逆らえないのがエステルだからだ。

今回の逃亡資金も、おそらくルヴィエ伯爵からの指示があってのことだと睨んでいる。

問題は、エステルがその事実を知っていたかどうかだ。

ルヴィエ伯爵に何も聞かされていないとしても、すぐには真実を話さないことは予想していた。

それはエステルとの間にできた過去の軋轢という名の壁が、彼女を警戒させるだろうと考えていたからだ。

しかし、よもや罪を認めるとは思ってもいなかった。

(なぜなんだ、エステル)

今のジェラルドに、エステルの心は見えてこない。彼女が何を思い、自分を罪人だと名乗ったのか。養父を庇いたい一心から出た言葉だと思いたいが、一抹の不安もあった。

もし、真実を告げていたら自分はどうするのか。

罪人として公平な目で彼女を見ることができるだろうか。

(――美しくなっていた……)

五年前よりも美貌は研磨され、よりいっそう妖美になった。女らしい色香と、漂う哀愁が彼女の艶めかしさを濃厚にしている。肌の露出を最小限に留めた黒のドレスが禁欲的で、逆に官能を刺激させられた。

男なら、誰でも彼女を支配し我が物にすることを望むだろう。

清純な身体を隅々まで味わいつくし、己の欲望を際限なく注ぎ込み、彼女が誰のものであるかを知らしめたい。

ジェラルドにとって人生最大の過ちを犯した夜に見た、あの夢の痴態のようにだ。

五年間、後悔をしない日はなかった。

酒に酔い、エステルを抱く夢から最高の気持ちで目覚めたとき、隣で眠っていたのはエステル付きの侍女ルイーゼだった。

愕然とするジェラルドに、彼女は涙を堪えながら言った。『……私のことは大丈夫ですから、どうぞお忘れください』と。

夢だと思っていたことが現実だったことへの衝撃と、怒濤の後悔。

彼女は自分がエステルの身代わりとして抱かれたことを知っている。だからこそ、言えた言葉だった。

自分こそが被害者であるのに、ジェラルドを気遣う彼女に申し訳なさが募った。華奢な身体を震わせ、それでもすべてを受け入れていると言わんばかりに笑う表情が痛々しかった。

だが、こんなときでもジェラルドの頭を過ったのは、エステルだった。

彼女にだけはこのことを知られたくない。

『――必ず何かしらの形で責任は取る。だから、今は黙っていてくれないか』

それが、どれだけ卑怯なことかはわかっていた。

ルイーゼはジェラルドの弱さを受け入れた。

犯した過ちから目を逸らしたくて、ジェラルドはいっそう屋敷に寄りつかなくなった。

事件が起こったのはそんなときだった。

サシャが何者かに襲撃されたのだ。

急いでサシャのもとへ駆けつけると、『秘密がばれた』と告げられたのだ。

珍しく苛立った様子で長椅子に足を投げ出すサシャの胸元には、真新しい包帯が覗いていた。

『草の根を分けてでも犯人を捕まえてこい。奴を雇った人間が必ずいるはずだ。そいつに知られる前に必ずだ』

しかし、命令は完遂できなかった。

深手を負いながらも捕らえた犯人が、その場で自害したからだ。

『お前、無能か』

犯人に切りつけられたジェラルドの左肩を足で蹴飛ばすサシャに容赦はなかった。

『……すまない』

『〝申し訳ありません〟だろうが』

『申し訳ありません。サシャ様』

サシャは深くため息をつくと『どうしてくれる。お前のせいだぞ』とジェラルドを詰った。

当然だ。

犯人は自害したが、彼を雇った人物にサシャの秘密が伝わっていない保証はどこにもないからだ。

襲撃を命じた人物が保守派の人間なら、間違いなくサシャはつるし上げられる。

王位継承どころの話でなくなるのは明らかだった。

『責任取れよ。この事態はお前のせいだぞ。黒幕を突き止めろ。さもなくば、エステルを殺す』

冗談ではない声音が、背筋を凍らせた。

『サシャ様、どうかそれだけは――っ』

『ぬるい』

狼狽えるジェラルドを、サシャが一喝する。

『お前、俺を王にしたいのだろう？　だったら、四の五の言わずに覚悟を決めろ。それでも男か』

ここで従わなければ、確実にエステルは殺されてしまう。

サシャという人物は、ジェラルドが知る中で誰よりも冷酷で残酷なのだ。

目的のためなら、何を犠牲にしても厭わないと本気で考えている。

育った環境が特異だったことも、サシャの性格に大きな影響を与えたのだろう。

欲しいものを手に入れるためなら、手段は選ばない。

欲望に忠実なサシャだからこそ、有言実行であるとわかる。

サシャは王女として生まれながら、第二王子として育った。王妃の第一子であるにもかかわらず、第二王子の地位に位置づけられたのは、側妃が産んだアルベールがいたからだ。

国王は長年、世継ぎに恵まれないことに憂えていた。

アルベールは待望の男児だったのだ。

国王は王妃との間に子は望めないと考え、アルベールを第一王子とした。しかし、三年後。王妃は身籠もったのだ。

だが、生まれたのは女児。

王妃でありながら世継ぎを産めなかった悔しさから、王妃は半狂乱になり、産んだのは男児だと言い張った。

国王は王妃の心を慮るあまり、生まれた女児を王子だと宣言してしまったのだ。

これにより、サシャは第二王子となった。

国王はサシャの真実について箝口令を敷き、秘密は現在に至るまで守られている。

王子としての振る舞いを求められる一方で、サシャは奔放でありながら利発。話術に長け、その話題は常に機知に富んでいて、ひとたび舞踏会に現れれば、またたく間にサシャの周りには人だかりができた。男性らしい力強さはなくとも、中性的な魅力で貴婦人たちを虜にし、軽やかな体軀を生かした剣術は、騎士たちからも一目置かれている。

視野も広く、国の未来を誰よりも鮮明に描いていた。

しかし、サシャは偽りの王子だ。

どれだけ国王や国民たちがサシャを次の王に望んでも、男児でなければ王位は継げない。

だが、不可能を可能にできるのではという希望をサシャに感じる。

もし、サシャが王になれたなら、ジェラルドの報われない恋慕も叶うかもしれない。

——お前、いい目をしてるじゃないか。いいな、俺に仕えろよ。望みを叶えてやる。

手を差し伸べるサシャの頭上に、ジェラルドは燦然と輝く王冠の幻を見た。

圧倒的な覇気と、無視できないカリスマ性を持つ者に求められ、心が沸き立たないわけがない。

ジェラルドはそのときから、不可能を可能に変えるための同志となり、サシャを守る役目を担ったのだ。

『仰せのままに。必ずや犯人を捕らえてご覧に入れます』

忠誠の誓いを、サシャの靴先に口づけることで示した。

すべてはエステルを守るため。そして、望みを叶えるためだ。

ジェラルドは今まで以上にがむしゃらに働き、任務をこなした。クロウ隊の先駆けとなる小部隊の一員となったのもこのときだ。

『お気を悪くなさらないで聞いて。……エステル様が身籠もりましたの』

ルイーゼから驚愕の事実を聞いたとき、ジェラルドは耳を疑った。

彼女とは責任を取るという形で密かにつき合っていた。と言っても、ジェラルドはサシャの任務にかかりきりで、滅多に二人で会うこともない。恋人とは名ばかりの関係だったが、何日かぶりに会ったときにエステルの近況を聞かされた。

ルイーゼをその場に置き去りにする形で屋敷に戻り、エステルの部屋のテラスに忍び込んだ。

常に冷静で凜然とした態度のエステルが、珍しく挙動不審だった。誰の子かと聞いたときは特にだ。

エステルはアルベールの妃候補。にもかかわらず、別の男の子を身籠もったのなら、その男も無事では済まないだろう。口が裂けても言えないのは当然だった。

自分はこんなにもエステルのために苦しんできたというのに。

簡単にエステルを奪った見も知らぬ男と、どこの馬の骨とも知らぬ男に身体を開いたエステルが憎かった。

腹の底で燻っていた鬱憤は、またたく間に烈火となり、気がついたときには口汚い言葉で彼女を罵っていた。傷ついた表情にもうやめなければと思う反面、口を衝いて出る罵声は止まらなかった。

――うんざりだった。

人の気も知らないでいるエステルにも、そんな女を愛した自分にもだ。

やがて、風の噂でエステルが富豪ゴーチエ・ブルナンと結婚したと知った。

身持ちの悪い女を娶ったゴーチエを愚かだとあざ笑う一方、老いぼれだろうとエステルを妻に迎えることができるゴーチエを妬んだ。そして、他の男に嫁いだエステルを恨んだ。

ジェラルドは、鬱憤を晴らすようにサシャを王に据えるために奔走した。ルイーゼに会えない不安をぶつけられても、何も感じなかった。

『私を愛してくれているのよね!? いつになったら結婚してくれるのよ!』

ルイーゼの要求を呑む形で結婚はしたが、だからといってジェラルドの生活が変わることはなかった。

自分が蒔いた種とは言え、押しつけがましい愛は息苦しくて仕方がない。

ジェラルドの給金を湯水のように使うルイーゼに嫌気が差すのは早かった。伯爵子息であるが、爵位を継がなければ、平民と大して生活は変わらない。煌びやかな生活を望んでいたルイーゼがそのことに不満を感じているのも知っていた。彼女は今からでもルヴィエ伯爵に頭を下げて、跡継ぎに指名してもらうことを迫った。

だが、ジェラルドはその要求を撥ねのけた。死んでもルヴィエ伯爵に頭など下げたくなかったからだ。

一度は身体を重ねた相手であるのに、触れようとするたびに猛烈な嫌悪が生じた。手を握ることにも抵抗があった。口づけをしたときは吐いた。

夫婦仲はすぐに冷え込み、やがて彼女が間夫との情事に耽っているところに出くわしたことで、結婚生活は破綻した。

悲しみは一欠片もなかった。

『あんたが未練たらしくエステルなんかを想っているから悪いのよ！』

彼女が望んだのはジェラルドの愛なのか、それとも裕福な貴族としての生活だったのか。おそらくその両方なのだろう。

そして、ジェラルドはどちらも与えてやることができなかった。

せめてもの償いとしてできたことは、ルイーゼに家を明け渡し、身ひとつで出ていくことだけ。

終わってみれば、一年にも満たない結婚生活だった。

王の鉤爪隊長の任を与えられ、王に仇なす者たちを制圧する日々が続いた。時には貴族を手にかけたこともあった。

サシャ王の号令ひとつで敵に牙を剥き、獲物を追い詰める様はまさに王に従う犬だ。容赦のない追撃と、任務の成功率の高さはどの小隊も敵わない。〝サシャ王の狂犬〟というクロウ隊の呼び名は、他の部隊が畏怖と侮蔑を込めて言い始めたものだ。

だが、どんな激務をこなしても、身体を痛めつけても、抱えた激情は轟々と燃え盛り、衰えることはない。

戦いに身を投じている間だけはエステルを忘れられるのに、討つ相手が消えれば、また赤々とエステルへの未練と憎しみが存在を主張してくるのだ。

恋しいのに、憎い。

時間が経つほど、嫉妬と怒りが湧いた。

エステルにつれなくされたことへの悲しみ、ルヴィエ伯爵の声しか聞かないことへの苛立ち、切り捨てられたことへの屈辱、身籠もったことへの怒りと他の男の妻となってしまったことへの落胆。

どうしてエステルを手に入れられない。なぜ自分では駄目なのか。

こんなにも愛しているのに。

蓄積された負の感情で心はとっくに淀(よど)みきっているのに、その奥で今も清らかな光を放つものがある。

——エステルを愛している。

どれほどの憎悪で心が濁っても、この恋慕は消えない。……消したくなかった。

滑稽(こっけい)だと思う。

忘れることも、手放すこともできないエステルへの想いを、必死でその愛が汚れないよう手の中で守り続けているのだから。

『ジェラルド、兄上が逃亡した』

サシャに呼ばれ、アルベールの逃亡を聞かされたのが、十日前。その手引きをしたと見られる人物にエステルの名を発見したとき、ジェラルドは呆然とした。

(なぜだ)

逃亡に手を貸すことは犯罪だ。

そんなことくらいわからないエステルではないはず。

ジェラルドは必死で、理由を探った。

証拠を集めた。いや、エステルが無関係だという証拠を探した。

ミシュア子爵と名乗る架空の貴族の銀行口座に定期的な送金をするエステル。彼女は、アルベールの逃亡資金として使われていると本当に知っていたのだろうか。

『エステル・ブルナンを拘束しろ。ブルナン邸を制圧し、兄上を待ち受けろ』

そのためにサシャが出した勅命書は二通。

ひとつは、世間の目を欺くために作られた偽の勅命書だ。エステルをライ殺害の容疑者として検挙する旨が書いてある。

もし、エステルが知らずに共謀者に仕立て上げられたのなら、何としてでも救い出してやりたい。

(エステルは今、何を思っているだろう)

地下倉庫は、本来エステルを閉じ込めるに相応しい場所ではない。

しかし、外からの接触を断つには、あそこしかなかった。

窓もなく、明かりすらない場所で、両手を拘束されている状況は劣悪でしかない。

本当は不自由などさせたくない。

わかってほしい、などと言うつもりはなかった。

だが、あそこ以外にエステルを隠せる場所は見当たらなかった。隊員が完成された絶世の美に怯んだのも無理はない。エステルの美しさは、耐性のない者には猛毒だ。

「隊長殿」

背後からかかった声に足を止めて振り返る。

「エステル様のご様子はいかがですか」

口調こそ丁寧だが、挑むような眼差しの鋭さと慇懃さを感じる態度から、ジェラルドへの反発心を感じる。

「スタンリーといったか。愛する女の様子が気になるか」

「エステル様は我が主でございます」

「見上げた忠義心だな」

侮蔑にもスタンリーは微動だにしない。

「エステル様への嫌疑はいつ晴れるのでしょう。あの方がライ様を手にかけるはずなどございません」

屋敷の者たちには、ジェラルドたちの来訪を「ライ殺害容疑の捜査」としか伝えていない。アルベール逃亡は極秘裏に処理すべき案件だからだ。

「それはお前の願望か？　それとも、明確な証拠でもあるというのか？」

「ございます」

断言した声が力強かった。

ほぅ、と目を眇める。

「エステル様はライ様が行方不明になる前より、養護施設建設のため有識者たちと共に、現場の視察をしておりました。その間、ライ様は世話役の侍女に任せておりました」

「なぜ、そのような場所にライを連れて行った。屋敷で面倒を見るべきだろう」

「エステル様はライ様が生まれてから、一度もお側を離れたことがないのです」

ライのことはエステルの調査をする中で、おおまかだが知っていた。

しかし、スタンリーの言葉は初耳だった。

「エステル様はライ様を目に入れても痛くないほど、愛しておられました。ライ様もエステル様の愛を一身に受けて、それは幸せそうでございました。ですが、エステル様は常に敵からライ様を守っておいでだったのです。旦那様がお亡くなりになり、遺言によって、遺産のすべてを二人が相続したときから、そのお命は危険に晒されておりました。ライ様の事故は、その最中に起こったのです」

ライが行方不明になったのは、エステルが建設しようとしていた施設予定地だ。

それは、様々な理由で両親と暮らせなくなった子どもたちを保護し、適齢になるまで育成する施設だ。

エステルが有識者たちと意見交換をしていると、世話役の女がライを見失ったと泣き崩れながら報告した。すぐに辺りを捜索したがライを発見するには至らず、二週間後、川の浅瀬に俯せで沈んでいたところを村の者によって発見された。

二週間、ライがどこにいたのかは誰も知らない。

しかし、事件の痕跡がないことから、ライは事故死と断定された。遺体を検分した医師の見解もあった。

――そう、事件性はない。

ジェラルド自身、不幸な事故だと考えている。

敢えてそこに付け入ったのはアルベール逃亡を隠すには、これ以外の口実がないからだ。

重要なのは、新時代を脅かす存在を作らないこと。

サシャがアルベールを処刑しないというのなら、目の届くところで監視するしかない。

「我々のやり方に口を挟むな」

「隊長殿はエステル様の義兄だと聞き及んでおります。血のつながりはないとはいえ、妹を尋問なさるお気持ちとはいかがなのでしょう」

「何が言いたい。二度も同じことを言わせるなよ」

「――失礼致しました」

慇懃に一礼をしてスタンリーが踵を返した。

「……ノーランド、聞いていたか」

静寂が戻った空間に呼びかければ、長髪の男が物陰から姿を現した。

「スタンリーを監視しろ。あの男の報告書を持ってこい。明日中だ」

「かしこまりました」

自分はサシャ王の狂犬。

仇なす者は排除する。

だから、一刻も早くエステルから真実を聞き出さなければ。

第三章　現実からの逃走

「隊長」

執務室代わりに使っている書斎に入ってきたのは副隊長を務めるノーランドだ。背中を覆う長い黒髪が重く見えないのは、その長軀（ちょうく）のおかげだ。小さい顔に女性的な優しさを持つ造形、女と言っても通用する容姿だが、性格は誰よりも荒々しい。

彼がクロウ隊の軍服を着ると、禁欲的なものが漂う。

「今朝のエステル様のご様子はいかがでしたか？」

不遜な様子で執務机に脚を置き、肘置きに頬杖をついたジェラルドが、無言でテーブルを見遣る。口をつけていないサンドイッチに、ローランドが苦笑した。

「お噂通り、強情な方ですね」

「あれの頑固さは昔からだ」

「では、アルベール様に関する情報は——……」

じろりと睨めば「引き出せていないのですね」と苦笑した。

「隊長ともあろうお方がひとつも有力な情報を引き出せないなど、珍しいこともあるのですね。もう五日目ですよ」

「まだ五日だ」

「いつもならとうに自白させています。慎重になるのは、エステル様だからですか？　義理とは言え妹を尋問することに後ろめたさがあるのなら、私が代わりましょう」

「駄目だ！」

「冗談ですよ」

わざと言わされたことに歯ぎしりする。

エステルのことになると、冷静でいられない。

「お前、いい性格だな」

「お褒めくださり光栄です。しかし、今の状況を長期化させるわけにはいきません。クロウ隊は血の気が多い者ばかりです。隊長が手を拱いているのなら自分がと思う者も出てきますよ。マールなどはエステル様の美貌にすっかりまいっているようですし、隊長がどういう尋問をしているのかを知ったなら気色ばむのは間違いありません」

「わかっている」

「性欲のはけぐちにするのも結構ですが、まずはアルベール様の情報を聞き出してください。公平な目を持って臨んでいただかなくては困ります」

「俺が私欲に走っているとでも？」

「自覚がおありになりませんか？」

「――」

尋問中、倉庫出入り口の見張り役は常にノーランドを指名している。確かにエステルを前にすると冷静ではいられない。嫌味を言われても仕方がなかった。

「捜査の進捗はどうなっている。進展はあったか。アルベールが国外に出たという情報がないのなら、必ず国内のどこかに隠れているはずだ」

「過去の残党の塒を中心に捜索しておりますが、発見には至っておりません」

「ルヴィエ伯爵はどうだ」

「今のところ、動く様子はありません」

ジェラルドは、ルヴィエ伯爵にも見張りをつけている。エステルが関わっているのなら、必ず伯爵も関係している。これは、直感ではなく確信だった。

「屋敷の中は？　不審な動きをしている者は？　執事はどうしている」

「今朝も使用人たちに指示を出しつつ、自らも率先して動いておりました。屋敷の大きさと使用人の数が合っていないことを思えば当然かと思われます」

（気にしすぎか？）

スタンリーはエステルに特別な想いを抱いている。

不当な扱いをされている彼女を助けたいと願うのではないか。

「ですが、面白い情報が上がってまいりました。こちらです」

ノーランドが見せた調査報告書を一読したジェラルドは、書かれていた事実に眉を寄せた。

「間違いないか」

「私の情報網をお疑いになるのですか？」

事実なら、スタンリーという男は、とんだ食わせものだ。

もともとはゴーチエの事業はスタンリーとの共同経営から始まったものだったが、事業が軌道に乗ると彼は早々に経営から退き、以降はゴーチエの執事となった。エステルとゴーチエの結婚後は、スタンリーが主に彼女の世話を担っている。

「ゴーチエの死後、エステル様は事業を引き継いではおりますが、企業人としては素人の彼女を補佐していたのがスタンリーです」

「なるほど。――ならば、金の流れも把握しているな」

「先月、スタンリーは銀行を訪れております」

難航している捜査に、ようやく解決の糸口が見えた。

「スタンリーを呼べ」

ノーランドが目配せをすると、後ろに控えていた隊員がスタンリーを呼びに出ていく。

彼の証言次第で、捜査は大きく動くだろう。

(もしかしたらエステルも……)

ジェラルドは報告書を机に放った。

「——アルベールはエステルを頼ると思うか？」

ヴァロナール国の辺境の地にあるアスヘルデンから、隣国との国境までは目と鼻の先だ。

ブルナン邸でエステルの力を借りたほうが確実に国境を越えられると考えるだろう。

「しかし、なぜ逃亡なんだ」

アルベールはもともと争いの嫌いな男だった。前王譲りの保守派で、武力よりも対話を重視する。内紛も半ば、保守派の貴族たちに担ぎだされたようなもの。降伏を迫ると、アルベールは抵抗することなく白旗を揚げた。

第一王子に生まれなければ、詩人になりたかったと話していたという。

『兄上は人の上に立つにはお優しすぎる方なんだ。人を突き放せない』

何年か前にサシャが告げた言葉を思い出す。

王位継承争いが誰かに唆(そそのか)された結果なのだとしたら、今回も同じ理由なのではないだろうか。強い懇願に抗えなかったのかもしれない。

「動機は彼を捕まえればわかることです」

今、ジェラルドが考えを巡らしたところで、真実には届かない。それよりも、彼を捕らえるための最善策を突き進むのだ。

屋敷を捜索すれば何かしらの証拠が出てくると思ったが、それらしき書簡も、怪しい人物の来訪もなかったことは屋敷の使用人たちへの尋問で確認済みだ。

エステルを訪ねてくる者は、遺産に目が眩み求婚をする貴族の嫡子や、融資を求めにやって来る者。または、ゴーチエの遠縁たちだ。

彼らは、来るたびに口汚くエステルを罵り、遺産の放棄を迫っていた。

泥棒猫。あばずれ。人殺し。金の亡者。

ジェラルドもかつて似た言葉を彼女に投げつけた。

あのとき、エステルがはっきりと傷心の表情を見せた。

しかし、遠縁たちの罵詈雑言には顔色ひとつ変えることなく黙っていたという。何を言っても何の反応もしないことに、彼らはさらに怒りを募らせ、最後には捨て台詞を吐いて屋敷を出ていくというのが、毎回行われていたとか。

その間、エステルは頑として彼らを応接間から出すことはなかった。

『屋敷にはライ様がおられましたから、鉢合わせすることを避けていたのだと思います』

誹謗中傷を受けるのは、自分だけでいいということなのか。

世間の噂と、屋敷での評判は真逆だ。

尋問した使用人たちはエステルをよき母、よき主だと口を揃えて言った。

使用人の一人は、自分の両親が病気にかかったとき、エステルが治療費を肩代わりしてくれたと話した。別の者は、村が豪雨で被災したとき、エステルが物資を送り復興の支援をしてくれたとも言った。

作物が不作だったときは、村人たちの援助をしているとも聞いた。

領主よりも慕われているエステルの評判は、なぜ首都では悪女となっているのか。

アスヘルデンが辺境の地にあることが理由ではないだろう。

エステルに悪意を抱く者によって、噂が操作されている。

彼女がゴーチエの遺産を相続するに相応しい者だと世間に知れ渡れば、それだけ相続放棄をさせにくくなる。もし、無理やり放棄させられたのだとエステルが声明を出せば、世間は実績のあるエステルを支持するからだ。

（それなのに、お前は死にたがるのか）

それほど、失った存在が愛しいか。

――ライ。

エステルが産んだ、ゴーチエの子。

（本当にそうだったのか？）

最後に見た彼女は、すでに誰かの子どもを身籠もっていた。あのあと、その子どもはどうなったのだろう。

屋敷にライの肖像画はおろか写真すらない。

（どういうことだ）

エステルの周りは謎だらけだ。愛する息子の姿を形に残しておかないことなどあるだろうか。

たった四年で生涯を閉じたライ。そして、五年前に身籠もった子ども。同じ年に彼女はゴーチエと結婚している。

（ライはあのときの子どもなのか？）

血のつながりがないことを知られたくないエステルが故意に残さなかったのか、それとも、ゴーチエが肖像画を描くことを許さなかったのかのどちらかだろう。

身重の身体で老体に嫁ぎ、子を実子として産むことで妻の座を確固たるものにした。その裏には彼の莫大な遺産を手中に収める思惑があった。そう考えれば合点がいく。

事実に憶測を織り交ぜれば、希代（きたい）の悪女ができあがる。

可憐な妖精は、深淵に住む魔女となった。

（本当にそうなのか？）

何が胸に引っかかる。

自分はまだ見落としているものがある気がしてならない。

「いかがなされました？」

ノーランドの訝しげな声に、ジェラルドはゆるりと頭を振った。

「いや、何でもない。引き続き監視を続けろ。警戒を怠るな」

こんなにも己の心がわからないのははじめてだ。

自分はエステルを罰したいのか、それとも救いたいのか。

ジェラルドが知るエステルがすべてではなかった。彼女の刻んだ五年間には、自分の知らない一面があった。可憐で清純、高慢で不遜。善なのか悪なのか、話す人間の数だけ知らない彼女の姿があるのだ。

戸惑いが疑念を呼び、未練が劣情を煽る。

彼女を知ろうとするほど、謎が深まっていく。

本当のエステルはどれなのか。

心を決められないのは、ジェラルド自身が彼女を信じられないからだ。

考えていた以上に、自分はエステルについて知らなすぎる。彼女の心が見えないのも、本質を見抜けないのも己の不甲斐なさのせいだ。

エステルとはどんな人間なのか。

知りたい。

いや、知らなければいけない。他人の言葉だけでなく、五感で彼女を感じたものこそが、すべてではないだろうか。

(もっと話をしなければ)

必要なのは対話だ。

「どちらへ？」

立ち上がるジェラルドに、ノーランドが声をかけた。

「エステルのところだ」

そのとき、廊下を走る慌ただしい足音が近づいて来た。

「も、申し上げます！　スタンリーが行方をくらましました！」

「何だとッ!?」


まだ水の音がする。

どこから聞こえるのだろう。

壁にもたれかかりながら、ぼんやりとそんなことを思った。

倦怠感(けんたいかん)が纏わり付いて、身体が重い。目を開けるのも億劫(おっくう)だった。

(もう……全部終わりたいの)

生きることも、傷つくことも、誰かに使役されることもうんざりだ。

自分は愛を求めてはいけない人間だったのがよくわかった。

誰かを愛せば、必ずその人を不幸にしてしまう。

ライが死んだのだって——。

(私があの子を愛したから……)

自分のもとに生まれてしまったせいで、あの子はわずか四年しか生きられなかった。

(ごめんなさい)

涙が一筋頬を伝い流れたときだ。

静寂に不自然な音が響いた。

(な……に……?)

薄目を開ければ橙色の光がぼんやりと見える。

扉とは違う場所から明かりが零れてくる。それは徐々に大きくなり、やがて光の真ん中を人の形に黒く塗りつぶしたような影ができた。

影はぬっとエステルに腕を伸ばしてきた。

(——ひっ……)

幼い頃に見た黒い大きな手の面影と重なる。びくっと肩が震えた。

「や……っ」

「私です。エステル様」

「――スタンリー？」

驚くと、スタンリーが小声で「そうです」と答えた。明かりが確かに彼の顔を照らしている。

「お迎えに上がりました」

「……どこへ？」

いや、違う。どうして彼がここにいるのか。

「ここから逃げるのです。これ以上、エステル様がいわれのない尋問を受ける必要はありません」

「でも……私は――」

ルヴィエ伯爵はエステルをアルベール逃亡の共謀者に仕立てようとしている。

何より、今なら死ねる。

周りに不幸しかもたらさない自分なんて、いなくなればいい。

言いよどむと、スタンリーが痛ましげな表情になった。

「何も召し上がっていないと聞き及んでおります。気弱になるのはそのせいです。屋敷を出たあとのことは、すべて私にお任せください。さぁ、お早く」

スタンリーが脇に腕を入れて、エステルを持ち上げた。

老体ながら軽々とした動きだ。

「ま、待って。いったい、あなたはどこから?」

「秘密の通路でございます。ブルナン邸はもともと王家の持ち物だったのを旦那様が買い上げたものです。隠し通路があっても不思議ではございません」

古城ならではの構造に驚きを隠せない。

「エステル様、お急ぎください。脱走したことはすぐに気づかれてしまうでしょう」

手を引かれ、隠し通路へ入っていく。

そこは水の匂いがした。近くに水脈があるのだろう。天井からは時折、水滴が落ちてきている。

(水の音はこれだったのね)

まさか、地下倉庫に隠し通路が設けてあるなんて、よほど屋敷を熟知した者でないかぎり知り得ないことだ。

「足下にお気をつけください。水がついている場所もございます」

後ろ手に拘束された腕を引っ張られながら歩くせいか、歩みがおぼつかない。

「待って、速すぎるわ」

「しかし、のんびりとはしていられません」

普段は落ち着いているスタンリーの口調も、今ばかりは焦っていた。

「スタンリー、どうしてなの？」

共謀罪の嫌疑をかけられているエステルを逃がすのだ。彼自身も罪に問われてしまう。

「エステル様のお力になりたい。それだけです」

「駄目よ。私なんかのために危ないことをしないで」

「愛している方を傷つけられたくない。それではいけませんか？」

慕る想いを告げられても、エステルは受け入れられない。

自分のせいで、スタンリーまで傷ついてほしくない。

しかも、彼が敵にするのは王の鉤爪だ。

狂犬と謳われるジェラルドを筆頭に、粒ぞろいの精鋭たちの追っ手から逃げられるわけがない。

おのずと歩みが止まってしまった。

「エステル様！　何をなさっているのです。お早くっ!!」

エステルは無言で首を横に振った。

「あなただけが逃げて。……私は行けないわ」

「なぜですっ!?」

よほど、エステルの行動が理解できないのだろう。

声を荒らげるスタンリーからは、はっきりと苛立ちが感じられた。

「――私、疲れちゃった……」

誰かの役に立ちたくて、大好きな人を守りたくて頑張ってきたけれど、どれもうまくいかなかった。彼らは去り、悲しみと孤独だけが残った。

でも、あそこにいれば楽になれる。

死が約束されるのだ。

「終わりにしたいの」

楽になりたい。魂だけになってライに会いに行きたかった。

「そんな……いけません！　あなたは死んでは駄目だ」

遠くから複数の足音が聞こえてくる。

クロウ隊だ。

スタンリーが強引にエステルの手を引いて、歩き出した。

「急いで！　外に馬車が待っていますっ。それに乗れば――……ッ!?」

「いたぞ!!」

外に出た直後、視界が眩(まばゆ)い光に包まれ、エステルたちは顔を背けた。

「――お前の監視を強化するべきだった」

ジェラルドが唸るように言った。

咄嗟にスタンリーがエステルを背中に庇う。

「エステルを救出する機動力は見上げたものだ。お前があと三十歳は若ければ隊に勧誘したかったくらいだ」

「謹んでお断りいたします」

「だろうな」

一笑に付し、ジェラルドは「捕らえろ」と命令した。

クロウ隊がエステルたちを取り囲む。スタンリーの持っていたランタンが、両脇を摑まれた拍子に落ちて割れた。

「やめて……彼に手荒な真似はしないで！　スタンリーは悪くないわ！」

「お前は馬鹿か。容疑者を逃亡させるのは立派な犯罪だ」

「それは——……っ」

あなたが無実の人間を捕らえるからだ。

「お願いです。——やめさせてください」

その場にくずおれ、顔を覆った。

「解放されたければ、知っていることをすべて話せ」

「——話せば終わらせてくれますか」

騒ぎを聞きつけた使用人たちが、何事かと集まっている。クロウ隊に取り囲まれるエステルたちに彼らは悲痛な顔をした。

「エステル様！　なりませんっ。──私のことはよろしいのです」

「いいえ、何もよくありません！　お願い、私にあなたを守らせて」

最後に誰かを守ったという充足が欲しい。

食い下がると、スタンリーが笑った。

はっとするような穏やかな笑顔だった。

「……何？」

「あなたを見ていると、たまらなくなります。美しいエステル。あなたを私だけのものにできればどれだけよかったでしょう。ですが、どうあってもあなたは私のものにはなりそうにない。それがよくわかりました」

「何を言っているの……？」

「貴様がエステルを罠に嵌めたのか」

割って入ってきたジェラルドの声に、エステルはつかの間、頭の中が真っ白になった。

「ゴーチエ・ブルナンの執事であると同時に、長年に渡りゴーチエに代わり事業を牽引してきた。ゴーチエはいわば偶像、真のゴーチエはスタンリー。お前だった」

「狂犬は駄犬ではなかったようですね。おっしゃるとおりでございます。ゴーチエ・ブルナンは私と彼とが作り出したもの。近づいてくる人間たちの欲に嫌気が差し、私は表舞台から退きました。それからは、裏方の業務を担ってまいりました」

「エステルを望んだのは、お前か」

「エステル様を王宮の舞踏会で一目見たときから、ぜひ側に置きたいと願っておりました」

スタンリーがゴーチエの一人だった。

五年間も側にいたのに、まったく気づかなかった。

だから、ゴーチエはエステルに無関心だったのか。スタンリーが最初から親身になってくれたのは、彼がエステルを望んでいたから。

エステルが屋敷を出ることを決めても、彼だけは頑なについてこようとしていたのも、全部エステルへの想いがあったからだった。

「ですが、いつまでたっても私を見てくださらないあなたに、――魔が差したのです」

「どういうこと？」

スタンリーが目を細める。

「あなたをアルベール逃亡の共犯者にしたてたのは、私だということです」

「――ッ!?　……な……ぜ……」

突然のことに、そう告げるだけで精一杯だった。長年、尽くしてくれた人が自分を陥れるなど考えたこともない。

「あなたが私だけを見てくださらなかったからです。誰の御子をお産みになっていてもかまわない。私の側で笑顔を見せてくださるとお約束していただけたなら、私はそれだけでよかったのです」

エステルは、誰かを不幸にするのが嫌で努めて誰も心に入れなかった。

これは、彼の長年の想いを無下にした報いだったのか。

「……スタンリー、嘘……よね」

「あなたを穢してみたくなったのです」

「あぁ……、そんな……っ。私を陥れたのはお義父様だと――」

「ご安心ください。遺産はこれまでどおりエステル様のものでございます」

両脇を捕らえられた格好のスタンリーが弱々しく微笑む。エステルは涙をこぼしながら首を左右に振った。

「私のような男のために、涙を流さなくてもよいのです」

「待って、スタンリー！」

手を伸ばすと、後ろから阻まれた。

「連れて行け」

「まだ話が終わっていませんっ!!」

「エステル！　あの男が自分の罪を認めた。これ以上引き延ばして何になるっ」

「だって、彼が私を騙そうとしたなんて嘘ですっ。スタンリーがそんなことをするはずないものっ」

きっと何か事情があったに違いない。

エステルがルヴィエ伯爵の企みだと思ったように、彼にもどうにもならない事情があるのだ。そうに決まっている。

「お願い、話をさせてください！　彼を罰さないで！」

身体に絡まるジェラルドの腕を振りほどこうと夢中でもがく。

「どうして――、なぜみんな不幸になるの……っ！」

スタンリーの想いに応えなかったのは、男性として意識できなかったのもある。けれど、それ以上に自分に関われば、もれなく不幸になるからだ。

五年間、スタンリーがいなければブルナン邸での生活は孤独だっただろう。彼が世話を焼いてくれたからこそ、エステルは不自由なく過ごせてきた。

感謝してもしきれない彼が目の前で捕らえられたのに、自分は泣くことしかできないのか。

どうしていつも周りの者たちばかりが傷ついていくのか。

「あ……あぁ……っ、……ぅ……あぁ……」

堰（せき）を切った思いが嗚咽となって零れ出る。

急に動いたせいか、意識が朦朧としている。

頭の中がぼうとしていて、自分の声が木霊しているようだった。

愛した人に陵辱され、ありもしない罪で責め立てられた。信頼していた人に裏切られた
今、心は限界を超えたのだ。

「もう……嫌……」

(あぁ、頭がくらくらする)

「私は……私が愛した人は――みんな死んでしまう……」

だったら、自分こそいなくなればいい。

認めてしまえば、心は簡単に暗闇に落ちていった。

第四章　狂犬の悔恨

『私は……私が愛した人は——みんな死んでしまう……』
ぐらりと傾いだ身体を、ジェラルドが咄嗟に受け止めた。
「エステル!?」
呼びかけても返事はない。
(気を失ったか)
腕にかかる重みは、意識をなくしていてもひどく軽かった。
意表を突く展開に、どこか拍子抜けする感覚すらあった。
だが、これでエステルがアルベール逃亡に無関係であることが証明されるだろう。
安堵する反面、ふと得体の知れない不安が押し寄せてきた。
それは、視界を曇らせていた靄が一瞬にして晴れたような感覚だった。

自分はサシャ王を守る者。だが、同時に彼女に愛憎を抱き続けた男だ。

エステルを助けたいと思っていた。しかし、エステルを目にしたら、淀んだ心が吐き出す毒に侵され、使命感は二の次になっていたのではないのか。

確かめるように、エステルを見下ろした。

拘束して五日しか経っていないが、エステルの儚さが際立って感じる。彼女はいつからこんなにも薄幸な気配を纏うようになったのだろう。

『私を罰してくださいまし』

彼女はどんな気持ちであの言葉を口にしたのか。

エステルを抱き上げると、その足で屋敷へ戻った。

「奥様っ！」

ジェラルドに抱きかかえられているエステルを見るなり、侍女長が血相を変えて駆け寄る。その目には大粒の涙があった。

「なんとお労しい……っ！　奥様がライ様を手にかけるなどあるはずございません！」

侍女長がジェラルドを睨んだ。が、一瞬、その目に驚愕の光があった。

「お、奥様はそれはもうライ様を愛しておられたのですよ！　それこそ、ライ様は奥様のすべてでございました！　それなのに、あんな痛ましい事故で――……奥様がどれほどお心を痛めていらっしゃったか、あなた方は見ていないからこのような無体ができるのです！」

よほど腹に据えかねていたのだろう。

はじめこそクロウ隊に怯えていた侍女長も、今ばかりは不満と鬱憤を喧々と吐き出した。

エステルのやつれた姿が、なおさら彼女の怒りを増幅させているのだ。

「お前たちの不満ならあとで聞く。今はエステルを休ませたいのだ。部屋の用意と医師を呼んでくれ」

「そんなこと――、いつでもお戻りになられていいよう整えてございます！」

「助かる」

足音荒く歩き出した侍女長のあとに続く。

もと王族の居城だった建物は、外観の重厚さそのまま屋敷の中にも漂っていた。二階へと続く螺旋状の階段を支える支柱すべてに植物の細緻な彫刻が施されており、窓から差し込む陽光が飴色のそれらを美しく輝かせる。

偏屈で名の知れたゴーチエだったが、趣味はよかったのだろう。

エステルの部屋の南側は一面大きな窓が仕切られており、その先はテラスが続いている。薄桃色を基調に誂えた調度品は華美ではないが、どれも上品でエステルらしいものばかりだった。

ジェラルドはエステルをベッドに下ろす。

侍女長がジェラルドを押しのけるようにして、エステルの枕元に陣取った。

着せている服の胸元からのぞく陵辱の痕を見つけると、「あぁ……っ」と悲哀に泣く。

「誰か、スタンリーを呼んで！　奥様がお戻りになったことを伝えてちょうだい！」

「スタンリーは共謀の罪で捕らえた。ここには戻らない」

「共謀……、そんな」

絶句するほど、スタンリーのことは衝撃的だったのだろう。

「エステルの世話は俺がしよう」

「い、いいえ！　私がいたしますっ。金輪際、あなたは奥様に近づかないでください！」

しかし、すぐに動揺から立ち直るのは大したものだ。使用人としての矜持と誇りのなせることだ。同時に、彼女の覚える怒りももっともなことだった。

エステルをここまで追い込んだのは、ジェラルドだからだ。

憔悴した表情は生気が感じられないほど、青白い。口元に手をかざさなければ、彼女が生きているのかも不安になるほどだった。

娼婦よりも手酷く抱いた。いや、あれはそんな優しいものではない。ジェラルドの中にあったのは、エステルに向ける激情。怒り、憎しみ、嫉妬。それらがない交ぜになったものを、思いのままぶつけていたのだ。

あの尋問に公平さは微塵もない。

あったのは、抱き続けた苦しみを彼女に思い知らせたいという願望だけ。

エステルを知りたいと思ったのは、つい先ほどだ。

「どうして奥様ばかりがこんな目に。この方がいったい何をしたというのですかっ」

侍女長の悲痛な叫びに、返す言葉もない。

「なんてお可哀想な奥様なの……。旦那様に先立たれただけでなく、愛する幼い息子まで亡くして。その上、殺人の容疑で手酷い尋問を受けたのですね。奥様があなた方にどんな扱いを受けていたかは見ればわかります。誰よりも清らかでお優しい方をあなたは！」

その直後、侍女長が立ち上がり、ジェラルドの左頰を打った。

「恥を知りなさい！　あなたに奥様のお世話は決してさせません!!　今すぐ屋敷から出ていって!!」

金切り声での罵倒も、平手打ちも甘んじて受けた。

ジェラルドはそうされるだけの理由があるからだ。

やってきた医師はエステルを見るなり、「なんとお労しい……」と嘆く。

エステルの枕元に膝をつく姿は、聖母を崇める信者のようだ。

「誰がこのような無体を」

呟き、医師が背後に立つジェラルドを一瞥した。

「罰当たりが」

ひとり言のような非難を口にして、「エステル様」と縋るように声をかけた。

「ライ様のもとへ逝ってはなりませぬぞ。必ずや、この爺がお助け申し上げる」

彼らの反応を目の当たりにすることで、エステルが彼らにどう思われているのかを痛感した。

ルヴィエ伯爵家では、エステルに親愛の眼差しを向ける者はいなかった。

だが、スタンリーをはじめ、ブルナン邸の人間は、エステルを慕い、その身を案じている。

高飛車で高慢。

他人を慮ることのない、冷たい人形。

それが、ジェラルドの知るエステルだった。

気を失う前に残した告白。

あれこそ、エステルの本音だ。

心を閉ざした理由を知っていたのに、ジェラルドはその事実を失念していた。ルヴィエ伯爵家を出てから五年経ってもまだエステルはルヴィエ伯爵に縛られているのだとしたら。

エステルはあのとき何を言いかけた？

『私を陥れたのはお義父様だと——』

彼女はおそらくルヴィエ伯爵がアルベール逃亡に関係していることに勘づいたのだ。だからこそ、彼を庇い、自分が罪人だと名乗り出たに違いない。

ジェラルドが意識のないエステルに視線を落とす。

「エステルが黒を身に纏うようになったのは、ゴーチエの死後か？」

「それが、何だというのです！」

「ならば、これは喪服代わりだな」

夫と子どもを失ったエステルは、どんな気持ちでこの黒を纏っていたのだろう。

「ライとはどのような子どもだったのだ」

「それは……」

「先ほど俺を見て驚いていたな。実際は俺の何を見ていた」

クロウ隊の奇抜な服装ではないことは、経験から感じていた。

侍女長は明らかにジェラルドの顔を見て驚いていた。いや、衝撃を受けていたと言っても過言ではない。

「答えろ」

「……あなた様の御髪(おぐし)でございます。そのスカーレットレッドの髪は、その……ライ様と瓜二つ」

「ライと？　だが、ゴーチエも赤毛だったと聞く」

「旦那様は茶色がかった赤でございました」

どういうことだ。

眉を寄せると、侍女長が「ひ……」と怯えた声を出した。

もし、ジェラルドの推測が正しいのであれば、ライは自分と血の繋がりがあるということになる。

（まさか――……）

思い当たるのは一夜の夢だ。

あれは、現実だったということなのか。

「ライの……エステルの子の肖像画を見たい。どこかに一枚くらい残っていないのか」

「いいえ、ございません。すべて奥様が燃やしてしまわれました」

「なぜだ」

「一人で旅立たねばならないライ様が、お寂しくないようにと……。自分はライ様の御髪をもらったから、それで十分だとおっしゃって」

「その髪は今、どこにある」

「奥様がブレスレットの紐に編み込まれました」

――あれか。

事実に、ジェラルドが絶句する。

この手で引きちぎったものこそ、ライの遺髪だったのだ。

あれは、どんな色だった。

薄闇の中だ。覚えているはずなどなかった。

猛烈な焦燥に襲われる。

あの紐はどうしただろう。

必死に地べたを這いつくばりながら紐を探していたエステルの姿が目に浮かんだ。

どこかにあるかもしれないが、まず出てくることはないだろう。

(俺は何ということをしたんだ――ッ)

「……ライの出産に立ち会ったのは誰だ」

「なぜそのようなことをお聞きになるのです！」

「いいから答えろっ」

「――私とそちらにいらっしゃる旦那様の主治医でございます」

ジェラルドがまっすぐ医師を見た。

「ライは誰の子だ」

「おっしゃることがわかりかねますな。ライ様がゴーチエ様の子でないのなら、誰の子だと思われるのですかな？」

エステルが結婚前に身籠もった子どもこそ、ライではないのだろうか。

あの夢が現実に起こったことだとするのなら――。

「重ねて聞く。ライはいつ生まれたのだ」

「結婚なされた翌年の春でございます」

時期的に見ても可能性は十二分にあった。

だとするのなら、ルイーゼとのことはどう説明する。

しかし、確かめる方法はあった。

エステルだ。

彼女が真実を知っている。

そして、おそらくジェラルドの推測は当たっているのだろう。エステルの置かれた環境から考えても、スカーレットレッドの髪をした男は自分以外いないからだ。

(俺は――大馬鹿だ……っ)

己の愚かさと浅はかさには憎悪しか感じない。

エステルに苦悩を押しつけ、自分は被害者意識に塗れて生きてきた。その間、彼女はジェラルドの子をゴーチエの子どもとして育ててきたのだ。そうするしか、子どもの命を守る術がなかったからだ。

身籠もったと知ったとき、エステルはどんな気持ちになったのだろう。

アルベールの妃候補に選ばれていた彼女が抱えた不安は、計り知れないものだったに違いない。

足下から身体が冷えていく。

自分だけが何も知らなかった。

そのことで、エステルを責めることはできない。

彼女の置かれた状況を考えれば、真実を打ち明けられるはずがなかったからだ。

エステルに対し、ひたすら申し訳ない気持ちがこみ上げてくる。

自分はエステルを抱いた一夜を夢だと思い込み、あげく、彼女をあばずれだと罵った。

あのとき、エステルは何か言いかけていたのに、自分は耳を貸そうとしなかった。

心を開かなくて当然だったのだ。

ジェラルドに語る言葉など、今さら持ち合わせていないのだろう。

殺してくださいと言ったのは、ブレスレットが壊れた直後だ。

(俺はエステルの心を壊してしまったのではないのか……)

「ゴーチエはライを可愛がっていたのか」

「――そこまでは」

「は、はい！」

医師の言葉を遮り、侍女長が声を張り上げた。

「旦那様は無関心を装っておいででしたが、エステル様とライ様がお昼寝をなさっているときは、お二人の様子を見に来られていました。眠るエステル様を気遣い、ライ様を抱き上げあやしておいででした。〝母を困らせてはいけないだろう〟とそれは優しいお顔で……」

「そうか――」

少なくとも、邪険にはされていなかったのだろう。

安堵と共に、心に広がる後悔にジェラルドは拳を握りしめた。

「エステルの容態はどうだ」

「疲労と睡眠不足、あとは慢性的な栄養失調でしょう。ライ様が亡くなられてから、日に日に生気はなくなり、食事の量も減っていたので致し方ありません」

「ライの側に逝くためか？」

その問いに、答える声はなかった。

「エステルを着替えさせてやってくれ」

侍女長にあとを任せ、ジェラルドは部屋を出た。が、震える足は数歩もいかず、くずおれた。

現実が痛い。

胸を抉る鋭さに、立っていられなかった。

使用人たちからはこぞって白い目を向けられる。

エステルを拘束し、今度は彼らが慕う執事を捕らえたのだ。

軽蔑を込めた視線はまるで針のむしろのようだった。

「あ、あぁぁ――――……ッ!!」

慟哭が胸を衝く。

耐えきれない想いが、涙となって溢れ出た。

エステルを死へと追い詰めたのは、――――ジェラルドだった。

『私は……私が愛した人は――みんな死んでしまう……』

父であるルヴィエ伯爵の強烈な束縛が、エステルに強固な思い込みを植え付けた。

過去、ジェラルドもその刃を受けた。

ルヴィエ伯爵の外出時を狙って、エステルを外へ連れ出したときだ。

エステルの前で鞭打ちながらルヴィエ伯爵は『エステルが悪い子だから、ジェラルドが傷つくんだよ』と何度も言った。

違う。エステルは何度も「行けない」と拒んだ。それをジェラルドが強引に誘ったのだ。

毎日、何人もの教師をつけられ淑女としての教養を叩き込まれるエステルが不憫だったから。失敗をした分だけ、彼女の大事なものが傷つけられ、そのたびにエステルが泣いて詫びる声を聞いていたから。

息抜きをさせてやりたかった。

ジェラルドが見ている世界を彼女にも見せてやりたかったのだ。

だが、自分勝手な思い込みはエステルを追い詰めるだけのものとなってしまった。あれからだ。エステルがジェラルドを避けるようになったのは。

ルヴィエ伯爵からジェラルドと親しくしないよう言われたのかもしれない。そう思い、ジェラルドはこっそりと彼女に手紙を送り続けた。

【父からの折檻など気にしない。あんなことは大したことではないから、また遊びに連れて行ってあげる】

【手紙の返事を書けないのは、父が怖いからか？】

【俺のためを思ってくれるなら、何か合図をくれないか】

しかし、エステルから返事が来たことは一度もなかった。偶然、彼女が暖炉に手紙をくべているのを見るまで、自分は彼女に嫌われていないと盲目的に信じていたのだ。

植え付けられた強迫観念は、結婚後もエステルを縛りつけている。

彼女がライ以外に心を開かなかった理由は、間違いなくそれだ。

そんな彼女を、この屋敷の者たちは見守り続けていた。

のそりと立ち上がり、重い足取りで玄関を出る。ジェラルドはエステルがいる部屋を見上げた。

(さながら要塞のようだな)

ここは、エステルを守る砦だったのかもしれない。

自分はこれから彼女のために何ができるのだろう。

◇◆◇

エステルが地下倉庫から出されて、五日ほど経った。

目を覚ましたときは、清潔なベッドの上にいた。汚れたドレスではなく、寝間着を着ていた。

「私がお手伝いさせていただきました」

不思議そうにしていると、そう侍女長が教えてくれた。

屋敷に常駐している医師が日に二回、エステルの様子を見に来る。

(何だか皆、少しだけ変ね……)

漠然とだが、屋敷に漂う雰囲気が違う。

(クロウ隊が駐在しているからだわ)

緊張感に似たものが肌を刺す。

無意識で左手首をさすった。

(そうだったわ――)

なくなった存在を思い出し、胸が重たくなった。

様子を見に来た侍女長がサイドテーブルに置かれた手つかずの料理を見て、浮かない顔をする。

「……少しは召し上がりませんと、体力が戻りませんわ」

「ごめんなさい」

食欲のなさを指摘され、俯いた。

生きる理由を失ってから、ずっと食べる気がしない。もともと食が細いほうだったが、それでもライがいるときは、人生で一番よく食べていた。

ライがいろんなものを食べられるようになってからは、いつも二人で食卓を囲んだ。好き嫌いをなくすために、親のエステルが見本となる必要があったからだ。

出されたものは感謝の気持ちと共に、美味しくいただく。

誰に習ったわけではないが、そうすることが健康的で自然なことのように思ったからだ。

侍女長が持ってきてくれたのは、ライが体調を崩したときに好んで食べていた、オールミールだ。

食欲がなくても、ライとの思い出があるものなら食べられると思ったのだろう。

「……ジェラルド様はまだいらっしゃるのね」

窓の外からは微かだが金槌を使う音が聞こえてくる。

今朝は何をしているのだろう。

顔こそ見せに来ないが、彼が屋敷の近くにいるのは遠目で見て知っていた。

ジェラルドは毎日、何かしら作業をしている。

昨日は、午前中は静かだったが、午後からは木を切る音がしていた。

「出ていけと申しているのですが、一向に動こうとしないのです。まるで、野良犬に住み着かれた気分ですわ」

ジェラルドは屋敷を離れないのではない。離れられないのだ。

スタンリーの自白でエステルにかけられた嫌疑こそ晴れたが、彼が今もここにいるのなら、アルベールはまだ捕まえられていないのだろう。ここで待っていれば、アルベールが現れると考えているのかもしれない。

「それでは、クロウ隊も？」

「いいえ、確認した限りジェラルド様だけでした」

「え……？」

逃亡犯を捕らえるつもりなら、もっと監視を強化するべきではないだろうか。あまりにも手薄な警備に驚いた。

「はい、間違いございません。野良犬風情とはいえ、無視もできませんから食事の準備のために確認したのです。そうしたら、あの方一人だけでございました」

「そうだったの」

たった一人でアルベールを捕らえるつもりなのか。

それとも、これは相手を油断させるための手段なのだろうか。

どちらにしろ、そう長くはいられない。

(もうすぐお義父様がやってくるわ)

承諾の手紙こそ来ていないが、ルヴィエ伯爵は必ずやって来る。

ジェラルドがルヴィエ伯爵と顔を合わせたらどういうことになるかは、想像に難くない。

はみ出し者だった伯爵嫡子は今や国王の番犬となり、大臣にまで上り詰めたルヴィエ伯爵は貧乏貴族となったのだ。

伯爵がジェラルドに敵愾心を向けることなど火を見るより明らかだった。

「ジェラルド様を呼んできてくれる?」

「いけません! あのような野蛮な者をお側に呼ぶなど、また何をされるかわかりませんよ!」

侍女長の口ぶりは、エステルがどういう扱いを受けていたのか、知っているようだった。

屋敷に戻ってからは、侍女長がエステルの世話を一手に引き受けている。着替えも湯浴みも手伝っているのだから、エステルの身体の変化にも当然気づいているのだろう。

「大丈夫よ。話をするだけだもの。呼んでちょうだい」

「――わかりました。ただし、奥様がこのオールミールを食べてくださることが条件です」

「わかった。必ず食べるわ」

疑いの目を向けながらも、侍女長は「約束ですよ」と念を押して部屋を出て行く。

しばらくして、ジェラルドがやってきた。

彼を最後に見たのはスタンリーと逃亡しかけたとき。あれからまださほど日にちが経っていないが、久しぶりだと感じた。

「エステル、俺に話があると聞いた。どうした？」

気のせいだろうか。心なしかジェラルドがやつれて見えた。髭が生え、軍服も薄汚れている気がする。近づくほど彼から発する外の匂いが濃くなった。

ジェラルドもサイドテーブルの手つかずの料理を見て、眉をひそめた。

「食べなければ駄目だろう。喉は渇いていないか？　気分がいいのなら、テラスに出るのはどうだ？　今日は日差しも暖かく、風も優しい」

「あなたも彼女と同じことをおっしゃるのね」

「エステルの身体を心配しているんだ」

しかし、次の瞬間。ごう……とおかしな音がした。

(何かしら？)

目を瞬かせて、辺りを見渡す。

すると、ジェラルドの顔がほのかに赤くなっていた。

「……もしかして、お腹が空いていらっしゃるの？」

まさかと思いつつ問いかければ、ますます顔が赤くなった。

時計を見れば、まだ昼食には時間がある。

「朝食が少なかったのですか？」

「……いや」

歯切れの悪さに首を傾げる。

ジェラルドは何かを隠していた。

（そういえば、どうしてやつれているのかしら？）

外で監視をしているのなら埃臭いのも軍服が汚れているのも頷けるが、やつれるほど過酷なものなのだろうか。

じっと見つめていると、ジェラルドが不自然に視線を留めていることに気がつく。

オールミールだ。

「もしかして、食べていらっしゃらないのですか？」

だから、お腹が鳴るのだ。

急いで呼び鈴に手を伸ばすと、「いいんだ！」とジェラルドに止められた。

重なった手に怯えれば「す、すまない！」と慌てた様子で腕を戻した。

「……ブルナン邸の食事は口に合いませんか？　それとも、罪人を出した家のものは口にしたくありませんか？」

「そうではない！　俺が辞退しているんだ。……エステルが食事をとれるようになるまで、俺も食べないと決めている」

「そんな勝手な」

「あぁ、勝手だ。俺の自己満足だ。だが、――エステルが食べられないのに、俺だけが食べるわけにはいかない」

「でも、それではジェラルド様がお身体を壊してしまいますわ。どうか私にかまわずお食事をおとりになって」

「嫌だ」

駄目ではなく嫌と言った。

(頑固者)

「言いたいことはわかっている。これは俺のけじめなんだ。……それでも、もし俺を憐れんでくれるなら、エステルが食事を取ってくれないか？」

誰も彼も、エステルに食事を取れと言う。

侍女長はジェラルドを呼ぶことを理由に、ジェラルドは自分が食事を取ることを理由にするのだ。

オールミールを見つめ、手を伸ばした。

(私のためじゃない)

誰かのためなら、自分はいつだって我慢できた。

スプーンでひとすくいし、口の前に運ぶ。

でも、どうしても口を開けられない。そのうち、スプーンを持つ手が震えだした。

「エステル！　もういい。やめてくれ」

ジェラルドが飛びつき、スプーンを奪った。

「……生きたくないのだな」

食べることは生きることと繋がっている。

食事を拒むのなら、つまり生を拒んでいるということだ。

「全部、俺のせいだ」

悔恨に満ちた声が懺悔する。

「……俺が何も見えていなかったから、エステルをここまで追い込んでしまった」

彼の後悔はどのことを指しているのだろう。

エステルを罪人扱いしたことか。

それとも、ライを身籠もったときのことなのか。

「謝罪などいりません」

撥ねつければ、ジェラルドが傷ついた顔をした。

自分がひどく嫌な人間になってしまった気がする。

謝られたところで、エステルが受けた傷が消えるわけではないのだ。

痛みは生涯忘れることはないのだろう。

許して欲しいと願うのは、自分が救われたいからだ。

背負った十字架の重たさに耐えきれず、贖罪を求めるのだろう。「許す」という言葉で楽になれるのは、加害者だけ。

傷ついた心が元に戻ることはない。

「エステル、俺はお前に何ができる？　どうすれば、お前は生きることに希望を見出せるんだ？」

「希望などいりません。私のことはどうか放っておいて」

そして、早く屋敷から出ていってくれないだろうか。

こうしている間にも、ルヴィエ伯爵は新しい遺産相続人となるべく準備を進めているはずだ。貧乏貴族となった伯爵が今、喉から手が出るほど欲しいのが金だからだ。

エステルがゴーチエに嫁いだのも、遠くない未来に得られる彼の遺産が理由だった。

世間が言うとおり、エステルは遺産目当てでゴーチエと結婚したのだ。

もし、まだエステルがジェラルドと関わっていると知られれば、誰がどんな折檻を受けることになるだろう。

もう、自分のせいで誰かが傷つく姿なんて見たくない。

「なぜ私を屋敷に戻したのです」

ブルナン邸はエステルには居心地がよすぎる。

屋敷の使用人たちは、エステルに親切だからだ。ゴーチエの死後は、何かとエステルを助けてくれた。育児やゴーチエから受け継いだ事業のことで途方に暮れることがなかったのは、スタンリーをはじめとする彼らが何かと助けてくれたからだ。

そして、ライまでも失ったときは、みんながその死を悲しみ悼んでくれた。

心から感謝していた。

彼らのくれる気持ちに応えたいと、いつも思っていた。

でも、――怖かった。

自分が心を開くことで、誰かを愛することで不幸をもたらすのだと思うと、何もできなかった。

エステルにライ殺害の嫌疑がかけられたと知っても、彼らの態度は変わらなかった。

だからこそ、苦しい。

もっとエステルに冷たくしてくれれば、心を悩ませずにすむのに。

ジェラルドは何を思い、エステルを屋敷に戻したのだろう。

「こちらのほうが、お前にいいと思った」

戻って来たくなどなかった。

口を閉ざせば、ジェラルドも押し黙った。

ふと土の匂いがした。

やはり、ジェラルドは全体的に薄汚れている。よく見れば、緋色の髪に木の葉の切れ端がついていた。

なぜなのだろう。

「……ジェラルド様、髪に木の葉がついていますわ」

「あぁ、すまない。寝ていたときについたんだ」

「お昼寝ですか？」

「──いや」

一瞬の間に、エステルは怪訝な顔をした。

侍女長はジェラルドのことを何と言っていた？　外で警護をしていると言っていなかっただろうか。

「もしかして、野宿をされているの？」

沈黙が答えだった。

エステルは無言で側にあった呼び鈴に手を伸ばす。

「ま、待ってくれ。俺が申し出ていることなんだっ」

「客人を野宿させることなどできません！」

反論すれば、ジェラルドが信じられないくらい目を大きくさせた。

「お前は俺を客人として扱ってくれるのか……？」

「――っ」

ジェラルドは無体を働いた人。不当にエステルを拘束し、陵辱した。

普通に考えれば、到底客人には相応しくないだろう。

執事のスタンリーがいない今、屋敷を取り仕切っているのは侍女長だ。彼女はジェラルドがエステルに何をしたか知っているからこそ、彼を屋敷に入れなかったのだ。

彼らの気持ちを嬉しく思うも、少し苦しい。

「と、とにかく、そのような姿で屋敷に入られては困ります。今すぐ湯浴みをしてください」

待ったなしで、今度こそ呼び鈴を鳴らした。

やってきた侍女長にジェラルドを湯殿に連れて行くことと、彼に部屋を用意するよう言った。

侍女長は不満げではあったが、家長であるエステルの言葉を受け入れて、ジェラルドには一階の客室があてがわれた。

軍服は野宿で汚れ、代わりにと渡されたシャツとトラウザーズを着ている。

素晴らしく長い脚に、シャツの胸元からのぞく胸板の厚さや肩の広さ、鍛え上げられた体軀は均整がとれていて、ピンと伸びた背筋のせいか、はっとするほどの男性的な魅力があった。

髭を剃った顔は、痩せたこともあり、いっそう顎のシャープさが際立つ。意志の強さはそのままで、琥珀色の双眸とバランスのいい顔立ちに、ジェラルドを警戒していた侍女たちが思わず見惚れるのも理解できた。

侍女長ですら「コレは、驚きましたわ」と驚嘆の声を上げたほどだ。

身ぎれいになって戻ってきたジェラルドの変貌に、エステルはスプーンを取り落としそうになった。

「お義兄様……」

思わず昔の呼び名が口を衝いて出てしまうくらい、彼は格好良かった。

ジェラルドは、エステルがベッドでオールミールと格闘しているのを見ると、痛々しそうな顔をしながらも目を細めて微笑んだ。

彼の笑顔を見たのは、何年ぶりだろう。

（いったい、お義兄様に何があったというの）

屋敷に戻ってきてからは、悪罵を投げつけるばかりの唇がエステルを気遣う言葉だけを発している。

どうしてなのだろう。

何がジェラルドの心を変えたのか。

まだ彼がエステルを屋敷に戻した理由も聞いていない。

「約束ですもの」

「俺との？」

エステルは小さく首を横に振った。

「侍女長とのです。あなたを部屋に呼んでもらう代わりに、食事をとると約束しましたの」

「そうか」

あくまでも侍女長のためだと強調しても、ジェラルドは嫌な顔をすることはなかった。

入り口に佇んだまま、彼はそれ以上近づこうとしない。

ただエステルを見つめる瞳だけが苦しさを訴えていた。

（そんな顔、なさらないで）

二人きりになるのは、まだ怖い。どうしても、地下倉庫でのことを思い出してしまうからだ。

またひどいことをされるのではないか。

湧き上がる不安の鎮め方なんてエステルは知らない。

おのずとスプーンを運ぶ手も止まった。

すると、ジェラルドが傷ついた顔になった。

エステルの食欲を削いだのは自分のせいだとでも言いたげな様子ではないか。

(お義兄様?)

問いかけるように視線を向ければ、申し訳なさそうに表情を歪める。

入り口に立ったままの彼は唇を噛みしめながら、手を開いたり握ったりしている。何か言いたげなのがひしひしと伝わってきた。

気まずい沈黙に俯いたときだ。

「話をっ」

大きな声に驚いた。

思わず顔を上げると、ジェラルドが目に見えて狼狽えている。

「いや、その。——少しだけ話をしてもいいだろうか」

なんてジェラルドらしくない口調だろう。こんなにも緊張している彼の声は聞いたことがない。

「俺と話すのが嫌なら、それでいい。勝手に話すから、聞き流してくれ」

どんどん尻すぼみになっていくのは、彼の自信のなさの表れだ。

視線の先で、ジェラルドが小さく息をつく。

「――申し訳なかった」

謝罪は突然だった。

「お前が……エステルが憎かった。父が己の野望のために、見目の良い女児を捜していたのは知っていた。そんな父の願望を俺は馬鹿にしていた。一目で魂を奪われるほどの美女など存在しない。そんなものは人形だけだ。そう思っていた。だが、父に連れられてきたお前を見たとき、――俺は魂を奪われた。父はついに妖精を捕まえてきたのだと思った」

突飛な発想に、思わずエステルはジェラルドを見てしまった。

「冗談だと思うか？　でも、本当だ。それほどエステルは美しかった。あぁ、父はとうとう見つけたのだと思うと同時に、なんて存在を連れてきたのだとも思った。なぜ、この子は義妹になるのだと」

語る声にはエステルを疎む言葉も交じっている。

(私は歓迎されていなかったのね)

だったら、なぜ最初から放っておいてくれなかったのだろう。無関心でいてくれれば、自分はジェラルドに心を奪われたりしなかった。

十六年越しに聞かされた理由に、視線を下げる。

しかし、ジェラルドは思いもよらないことを言ったのだ。

「義妹でなければ、自分のものにできるのに。そう思わずにはいられなかった」

「――え……」

聞き違いだったのだろうか。

ジェラルドがエステルを嫌う理由を、自分は真逆の意味でとらえたばかりだ。

「父がエステルを徹底的に教育した理由が、アルベールに見初められることなのが面白くなかった。物のように扱われるお前が不憫だった。エステルは自由を奪われた妖精だ。だから、一時でも外の世界を見せてやりたかった。でも、そのせいで、お前はますます俺から遠くなった。その艶めく白金色の髪も、深海色をした瞳も、赤い果実みたいな熟れた唇も、誰よりも側で見てきたのに、すべて他の男のために磨かれていくのを見るのが辛かった。サシャに肩入れしていたのも、最初はそんな反発心からだった」

折り合いの悪かったルヴィエ伯爵への当てつけなのかと思っていたが、まさか自分のことも関係していたなんてどうして想像できただろう。

「年を重ねるごとに美しく成長するエステルの側にいるのが苦しくて、俺は家を空けるようになった。サシャのくだらない企みに乗じていることで、気を紛らわせていた。でも、あの日。お前がアルベールの妃候補に選ばれたと知った日の夜。酒に酔った俺は、夢を見た。エステルをこの腕に抱きしめ、自分のものにする夢だ」

「――ッ」

それは、夢ではない。

エステルの報われない恋が溢れたのだ。

あの一夜がなければ、ライと出会うことはできなかった。

「だが現実の俺はお前の面影を侍女に重ねただけだった。――そう、今まで思っていた」

つまりそれは、ジェラルドが真実に気づいたということだ。

無意識に身体に力が入る。

「ライは、俺との間にできた子どもだった」

あぁ、暴かれてしまった。

エステルは喪失感を零し、顔を覆う。

「やはり、そうなのだな」

エステルの仕草で彼は確信を得たのだ。

「――礼を言わせてほしい」

ゆるゆると顔を上げれば、ジェラルドが床に跪いていた。

「な――何をなさっているの」

「俺の子を産んでくれたことに、心から感謝する。ありがとう」

目を見開き、絶句する。

疎まれることは覚悟の上だった。

真実を話さなかったのは、状況がそれを許さなかったから。だがそれ以上に、彼が何も覚えていなかったからだ。エステルをあばずれだと罵ったジェラルドには何を言っても届かない。そう思ったからこそ、エステルは真実を自分の胸に留めたのだ。

ジェラルドへの恋心は砕け散っても、お腹に宿った命までもは失いたくなかった。

この命を守るためなら、自分は何だってする。何にだってなれる。どんな苦行にだって耐えられる。

あんなにも、ルヴィエ伯爵の駒になりたいと思ったことはなかった。

生まれた男児が、ジェラルドそっくりのスカーレットレッドの髪をしていたことに、どれほどの歓喜を覚えただろう。

「……礼には及びません。私は私の望むことをしただけです」

できることなら、五年前に聞きたかった。

今のエステルには、ジェラルドの想いを受け止めるだけの器がないのだ。恋心は霧散し、心はすっかり干からびている。

(……私、嬉しく思ってない)

気づいてしまった気持ちが悲しかった。

何年も痛めつけられ、傷つき、小さく萎(しぼ)んだ満身創痍(まんしんそうい)な心。

息絶え絶えとなったそれは、ただ死が訪れるのを待っている。それだけが自分を苦痛から解き放ってくれるものだからだ。

すべては今さらだ。

一度口にした言葉は永遠に消えることはない。

いずれ、この屋敷に新たな主がくる。

「私の役目ももうすぐ終わります。ジェラルド様もご自身の任務を遂行なさってください」

「エステル、話はまだ終わっていない。そんな悲しいことを言うな」

「いいえ、お話しすることはありませんわ。――どうぞ、お引き取りください」

あんなに欲しかったジェラルドの心。

でも、今はもういらない。

「エステル……」

呆然としたジェラルドは、まるで放り出され途方に暮れた子どもみたいな声を出した。

今は、明日を迎えることすら苦痛だった。

◇◆◇

今朝のジェラルドは、中庭の太い木の枝にぶら下げたままだったブランコを修理している。雨ざらしになり脆くなったロープを外し、新しいものへと取り替える。座面も白く塗装が施された。

エステルの身長よりも長いロープのブランコが、ゆっくりと風に揺れ始める。

『お母様――』

三歳になった頃から、遊具遊びもするようになったライの一番のお気に入りだったブランコ。ふいにそれで遊ぶ幼いライの幻が見えた。

「――ッ」

喉奥からこみ上げてくる感情が、涙を溢れさせる。

彼はいつまで屋敷に留まるつもりなのだろう。

こんなことをしても、エステルの心は癒やされない。

彼が、ライとの思い出をなぞるたびに、ライを失った悲しみは深くなった。

もうやめて。

これ以上、心を抉らないで。

放置したままだったブランコも、もとはエステルが幼い頃、ジェラルドに作ってもらったのを真似して作らせたのだ。

エステルが注いだ愛は、ジェラルドからもらった情愛だ。

(だって、私はそれしか知らないもの)

二人で見つけた秘密の場所に作った手作りのブランコ。シダの大木の下に広がる真っ白なシロツメクサの絨毯に寝転がり、流れる雲の形を言い当て合った。

優しい時間だった。

そして、かけがえのない思い出だった。

エステルの側にいれば、必ずジェラルドに不幸がやって来る。

「奥様」

窓の下に蹲っていると、侍女長の気遣わしげな声がした。

「大丈夫でございますか？　体調が優れないのでしたらベッドでお休みください」

「いいえ、違うの。……大丈夫よ」

いくら身体を休めたところで、心は蘇らない。

エステル自身ですら、その方法を知らないのだ。いっそ心などなくていいと思っている。

侍女長はちらりと窓の外を見た。

「出ていくよう言ってまいりましょう」

「待って！　……いいの、そのうち出ていってくれるわ」

事件が解決すれば、ジェラルドはいなくなる。

早くその日が来ればいいのに。

しかし、エステルの願望も虚しく、アルベールを捕らえたという情報はいつまで経っても聞くことはできなかった。

(もう十日目よ)

ジェラルドは、まだ屋敷の周りをうろついている。今日は庭師の真似事のようなことまでしていた。

仮にも王の鉤爪の隊長なのだ。

力仕事と馬の世話はできても、芝生刈りや落ち葉拾い、庭木の剪定は素人同然。

屋敷の者たちも彼を不審がり、怯えている。

「ジェラルド様に私の部屋に来るように伝えて」

「かしこまりました」

侍女長に訴えると、しばらくして彼女が外にいるジェラルドに声をかけていた。ジェラルドがパッとエステルの部屋を見上げる。

嬉しそうな顔に見えたのは気のせいだろうか。

窓からぼんやりと修繕し終えた真っ白なブランコを眺めていると、扉が叩かれた。

「どうぞ」

入ってきたのはジェラルドだった。

「は……、話があると聞いてきた……っ」

走ってきたのだろう。息急き切る様子に以前の高慢さはなかった。

「ええ、いつまでいらっしゃるのかお伺いしようと思いましたの」

「……迷惑か」

「少し困っております」

正直な気持ちを伝えれば、ジェラルドが眉を下げた。

「すまない」

「謝ってほしいわけではありません。ですが、勝手なことをされては困ります。他の者の仕事を奪わないでください」

ジェラルドがしていることは、本来するべき者がいて、彼らの仕事を奪っている行為に他ならない。仕事がなければ、彼らは給金をもらえなくなる。

「あなたにはあなたのすべきことがあるはずです」

「そう……だな。——わかった、気をつける」

「いえ、そうではなくて」

どう言えば伝わるのだろう。

こんなところで油を売っている暇があるのなら、アルベールの捜索をするべきではないのだろうか。

エステルが押し黙ると「離れられないんだ」と言われた。

「え……？」

ジェラルドが困ったように苦笑する。

「困らせているのは承知の上だ。俺の存在が迷惑なことも、視界に入れたくないと思っていることも知っている。だが——目を離した隙にエステルが命を絶ってしまうんじゃないかと思うと、怖くてどこにもいけない」

消え入りそうな語尾は弱々しく、ジェラルドの不安がそのまま現れていた。

「……自害は禁忌ですのよ」

「そんなことはわかっている！　でも、お前は……それも致し方ないと言ったじゃないか」

ジェラルドをこの場に縛り付けているのは強烈な恐怖心なのだ。

狂犬と恐れられた男が、エステルの死に怯えている。

「あなたにも怖いものがおありになるのですね」

「当然だろう。今お前を死なせたら、俺は死ぬまでろくでなしだ」

「ご自身の名誉のために私を見張っているのですか？」

ジェラルドが慌てて否定した。

「ち、違う！　俺の名誉なんてどうでもいい！　伝えたかったのは、……エステルに償いをしたいということなんだ」

「私はそのようなものは望んでいません」

「俺がそうしたい――……では、駄目なのだろうな。俺はエステルに幸せになってもらいたい。そのためなら何でもする。一生をエステルに尽くすつもりだ」

エステルは小さくため息をついた。

「謝罪も償いもいりません。私があなたの滞在を黙認しているのはアルベール様の一件があるからです。事件が解決すれば出ていってもらえるのですよね」

「――約束はできない」

「なぜ？　あなたはクロウ隊の隊長ですわ」

「クロウ隊は辞めようと思っている。ここでエステルが幸せになる手伝いをする」

「サシャ王をお見捨てになるのですか？」

ジェラルドが一瞬言葉に窮した。

「公平さに欠ける者はクロウ隊にはいらない。陛下にはわかっていただく。これは俺の人生だ」

言っていることは格好いいが、それは自己満足でしかない。三十に手が届く大の大人が、そんなこともわからないのだろうか。

何より――。

「あなたに私の幸せを願われても困ります」

「――わかっている」

沈む声がエステルの良心を苛んだ。

間違ったことを言っていないはずなのに、後ろめたさが痛い。

エステルのために、ジェラルドが積み上げてきたものを捨てる必要はない。そう言いたいだけなのに、うまく伝わらないことが歯がゆかった。

俯くと、「わかっているんだ」と言われた。

「エステルは俺のためを思って言ってくれているんだろう。いつだって、お前は自分以外の者を優先していた。父に折檻され辞めていった侍女や、飼っていた小鳥を思い、泣いていた。今も、その姿勢は変わっていないのだろう？　使用人の家族の薬代を立て替え、村のために遺産を使い、不作の年はエステルが彼らの生活を支えたと聞く。皆、エステルに感謝しているのに、お前だけがそれに気づいていない」

「そのようなこと、――遺産を相続する条件だったからです」

「だからといって、誰もができることじゃない。人は欲深い生き物だ。他人に分け与えることができる者は、それほど多くはない」

「私はあなたが思うような善人ではありません」

「エステルが好きなこと、したいこと、何でもいい。俺に教えてくれないか？　どんな些細なことでもいい。逆に嫌なこと、嫌いなことでもいいんだ」

エステルの機嫌を伺うような口ぶりに、高圧的だった頃の面影はどこにもなかった。

「エステルが思うこと、言いたいことをぶつけてくれ。俺になら何を言ってもいい。どんな言葉も受け止めるし、絶対に傷ついたりしない。俺ならちょうどいいと思うんだが、どうだろう？」

「お、お待ちになって」

矢継ぎ早の懇願に、たじろぐ。

いったいい何を言い出したのか。

（ちょうどいいですって？）

ジェラルドは望んで虐げてくれと言っているのだ。

「そのようなこと、できませんっ」

「今すぐじゃなくてもいい。これから一緒に過ごす時間で少しずつ慣れていけばいいんだ。エステルはずっと我慢してきただろう？　俺はお前のことをわかっているつもりになっていただけで、本当は何も理解していなかった。だから、知りたいんだ。本当のエステルを」

「ま、待って。お義兄様っ」

思わず昔の呼び名が口を衝いて出た。

ジェラルドが一瞬目を丸くさせると、蕩けるような笑顔になる。

「何だ」

縮まった距離分だけ、後退った。

はっとジェラルドが表情を引き締める。

「……すまない。嬉しくて、少し浮かれた」

（浮かれた？　嬉しいって——）

目の前の人物が本当に自分の知るジェラルドなのか、わからなくなりそうだ。

こんな強引なジェラルドには慣れてない。

「こ、困ります！」

気がつけば、そう叫んでいた。

ジェラルドの変化についていけない。

真実を知り、彼の中でエステルへの気持ちが変わったのは感じ取れた。けれど、それを押しつけられても困る。

彼はエステルを知りたいと言いながらも、自分の気持ちを一方的に押しつけているだけだ。

「……私は、あなたに何も望んでいません。願うのは一日も早い事件の解決だけです」

そうすれば、ジェラルドは目の前からいなくなってくれる。

「間違わないで。あなたのその気持ちは私への同情。熱が冷めれば、やがて冷静さも取り戻せるでしょう。隊を辞めるという話は聞かなかったことにします」

「気の迷いだと？」

「ええ、そうです」

断言すると、ジェラルドがひどく傷ついた顔をした。

「そうか――」

落ち込んだ声だったが、理解してもらえたことにほっとする。

「――すぐに受け入れてもらえるとは思っていない」

「ジェラルド様？」

「必ずエステルを幸せにする」

「待って！　そういうことではないと」

「必ずだ」

琥珀色の瞳が、まっすぐエステルを見つめる。ひたむきで強い眼差しに何も言えなくなっていると、ジェラルドが苦笑を残して部屋を出ていった。

へたり、とその場にしゃがみ込んだ。

（びっくりした……）

彼の口から、信じられない言葉をいくつも聞かされた。幸せになってもらいたい、その手伝いがしたい。一生をエステルに尽くしたい。どんな言葉も受け入れる。

そんなこと、誰にも言われたことはない。

自分の周りには、エステルに求める人ばかりだったからだ。

(本気なの?)

いや、一時の気の迷いだ。そうに決まっている。

今はライのことで悔恨の情に苛まれているだけ。でなければ、あんな言葉をエステルに言うはずがない。

ジェラルドは自由を愛する人。自分のしたいことを優先する。だからこそ、サシャ王とも馬が合ったのだろう。

そんな人が、誰かのもとに留まるなんてことあるだろうか。

でも、ジェラルドの表情は本気だった。

これから、自分はどんな顔をすればいいのだろう。

第五章　野犬の献身

『俺はエステルに幸せになってもらいたい。そのためなら何でもする。一生エステルに尽くすつもりだ』

エステルの二十一年間を覆すような告白を受けてから、一週間が過ぎた。

ジェラルドは今日も、使用人のような仕事をしている。

使用人たちの仕事を奪わないで。

そう告げたはずなのに、彼はまったく聞き入れてくれない。

だが、侍女長に言わせると、どうやら少し違うらしかった。

「使用人たちから仕事を分けてもらっているのです。邪魔はしないから、手伝わせてほしいと声をかけているとか」

かく言う侍女長も最近はジェラルドを都合よく使っているという。

力仕事ができる人材は、女が多い使用人の中では重宝される。中には、ジェラルドに差し入れをする若い侍女もいるとかで、とにかく話題は尽きない。

「ジェラルド様は丁寧に断っていますけど、あの容姿ですしね」

苦笑する様子は、彼を毛嫌いしていた頃とは大違いだ。何だかんだと言いながら、ジェラルドを受け入れ始めているのだろう。

「それで、今日は何をしているの？」

「馬の散歩をさせています」

「それはお手のものね」

厩舎で寝ることもあったほど、馬好きの彼だ。クロウ隊も馬に騎乗していることから、扱いには慣れている。

(どこまで行っているのかしら？)

聞きたいけれど、話しかけるのが怖い。

エステルが見る景色は、このところずっと四角い窓枠で囲われたものばかりだ。

(言いたいことを言え……か)

気持ちを我慢することが当たり前になっていたから、声に出すことに戸惑いがある。

そんなことをしたら、またルヴィエ伯爵に見咎められてしまうのではないかと、不安にかられるからだ。

（難しいことを言わないで）

二十一年間、こうやって生きてきたのだ。これがエステルの処世術だ。それをいきなり変えろと言われても、できるわけがない。

ジェラルドのように誰もが潔く、思いきりがいいわけではないのだ。

（そんなところも、お義兄様らしいのよね）

エステルにはないものを持ち得る彼が、少しだけ羨ましかった。

（あ、帰ってきたわ）

敷地の奥から馬を引いて戻ってくる彼は、軍服を着ていなくてもよく目立つ。スカーレットレッドの髪が夕日に映えていた。

ジェラルドは窓際に立つエステルに気づいたのか、片手を大きく振った。子どもみたいな仕草に、見ているほうが恥ずかしくなる。

あれでクロウ隊の隊長が務まるのだろうか。

（幸せになる手伝いをしたい、か……）

本当に彼はクロウ隊を辞めるつもりなのだろうか。

ジェラルドを見ている限り、彼がクロウ隊の本部へ戻った様子はない。

アルベールの一件はどうなるのだろう。

途中で仕事を投げ出すような人とは思えない。ならば、あの姿はアルベールが現れるまでの時間つぶしなのだろうか。

囚われたままのスタンリーも気がかりだ。

「奥様、王の鉤爪のノーランド様とおっしゃる方が面会を申し出ております」

「ノーランド様？」

名前を聞いても、誰なのかわからなかった。

「応接室にお通しして」

エステルは支度を調え、応接室へ行った。

使用人が扉を開くのを待って中へ入ると、長躯で長髪の軍服姿の男がソファから立ち上がった。

「突然お訪ねし申し訳ございません。王の鉤爪副隊長を務めておりますノーランドと申します」

一礼する様は、貴族よりも優雅で気品に満ちていた。

手を取り、ノーランドが手の甲に口づける。

クロウ隊が訪ねてくる理由で、思いつくのはふたつ。

ひとつはアルベールのこと。そして、もうひとつはジェラルドのことだ。

「かまいませんわ。それで、ご用件とは？　アルベール様の行方でもわかりましたの？」

「不甲斐ないばかりです。こちらで変わったことはございませんか？」

屋敷に入っていたクロウ隊は、エステルへの嫌疑が晴れたことで撤退している。今、屋敷にいるクロウ隊はジェラルドひとりだ。

「いいえ。あればお知らせしておりますわ」

「その前に隊長が動いているでしょう。――いかがですか、隊長との生活は。不便はありませんか？」

含みのある口調に、エステルは目を細めた。

「快適に過ごせるとお思いですの？」

「隊長は実直な方ですので、一度決めたら後は邁進するのみですから。死にたいと思う暇もないでしょう」

何気ない言葉にはっとした。

ノーランドが中性的な顔立ちでくすりと笑う。

「隊長なりに必死なはずです。どうすればエステル様の意識を死から遠ざけることができるのか。そのためなら自分が疎まれてもいい。むしろ、困らせる存在になればなるほど、あなたは隊長を排除しようと躍起になる。人は意外と単純で、夢中になっている間は死にたいとは思いません。この機に乗じて、隊長はあなたに生きる活力を見出してほしいのだと思いますよ」

侍女長がお茶を持ってくる。

ノーランドはティーカップに口をつける様も優雅だった。

「エステル様におかれましては思うところは多々あるでしょう。今さら何あがいてやがると思われるのも致し方ありません。それは隊長が単純でクソ野郎だったというだけの話です」

綺麗な顔をしているが、ノーランドはなかなか口が悪そうだ。

「随分と私の事情に詳しいようですが、どこかでお会いしたでしょうか？」

「舞踏会で一度、お目にかかったことがあります。一曲踊っていただいたのですが、覚えていらっしゃいませんか？」

エステルが舞踏会に出たのは、王宮での社交界デビューをしたときだけだ。

「申し訳ございません。あのときのことは緊張からか、よく覚えていなくて」

「というのは建前で、隊長が他の令嬢をエスコートしていることに気が気ではなかったのでしょう」

「――意地悪な人」

「お褒めにあずかり光栄です」

ルヴィエ伯爵はエステルをアルベールに売り込むことに躍起になっていたが、エステルは終始気がそぞろだった。

何しろ、同じ会場にはジェラルドが他の令嬢を同伴していたからだ。相手はエステルと同じ、社交界デビューをした子爵の娘だった。

彼女は熱っぽい視線をジェラルドに向けていた。琥珀色の瞳に微笑まれて、うっとりと頬を染める様子がどれほど羨ましかったか。

ジェラルドとした約束が果たされなかったことが、辛く悲しかった。

「エステル様から見て、隊長はお変わりになったと思いますか？」

「それは、今の姿を見てということでしょうか？　それとも、クロウ隊のときのお義兄様のことですか？」

「なるほど。隊にいた頃と今とは違うようですね」

ノーランドはそこで変化があったと察したのだろう。

「私はサシャ王と隊長の作る輪に交じった形となりますが、はみ出し者同士、何かと馬が合いました。とりわけサシャ王は隊長を気に入っていまして、どこへ行くにも彼を連れ回していたほどです。隊長も文句を言いつつ、サシャ王の奔放さにつき合っていました。彼も屋敷に居づらい理由があったのでしょうね」

暗にエステルのせいだと言われているようで、耳が痛い。

「ですが、あるときからお二人の間に主従関係ができました。内紛前、サシャ王は何者かに襲撃されたのです」

「……そのようなこと、私に話していいのですか？」

「かまいません。終わったことです」

ひょいと肩をすくめて、ノーランドがおどけてみせた。

「隊長は、犯人を捕らえはしたものの、その場で自害されたため黒幕を突き止めるまでには至りませんでした。サシャ王はいたくお怒りになりまして、隊長に責任を求めました」

「そんな……、犯人が死んだのはジェラルド様のせいではないはずです」

「サシャ王が望んだのは、任務を完遂することでした。黒幕を暴き、必要とあらば処罰することです。できなければエステルを殺すと、負傷した肩を蹴りつけ隊長を脅しました」

「え——……」

まさか自分の命が引き合いに出されているとは、思ってもみなかった。

「隊長がサシャ王との間に明確な線を引いたのは、そこからでした。友人から仕えるべき主となったのです。ひどい話だと思いませんか。人の命を盾に従わせるほうも大概ですが、大人しく従う隊長も私はとんでもないマゾなのだと本気で思いました。だから、聞いたのです。なぜサシャ王に従うのかと」

呆れが滲む口調は、本気の嫌悪があった。

「隊長はサシャ王との約束があるからだと言いました。サシャ王は自分の願いが叶った暁には、隊長の望みも必ず叶えると約束したそうです。隊長は今でもそれを頑なに信じているのです」

「お義兄様の望み？」

「何なのでしょうね？」

これだけ思わせぶりなことを言いながら、肝心なところは他人事だ。

「どうして、私にその話をするのです？」

「可哀想だからですよ」

首を傾げれば、「一人くらい隊長の味方をする者がいてもいいと思いませんか？」と言われる。

「アルベールの捜索は引き続き行います。スタンリーの取り調べも併せて行っておりますが、彼は素直に捜査に協力してくれているので、刑は幾分軽くなるはずです」

「そうですか。……スタンリーに変わりはありませんか？　体調を崩したりはしていませんか？」

「大丈夫ですよ。私は隊長のように感情的な尋問はいたしません」

エステルへの尋問を知っているかのような口調に顔を赤くすると、ノーランドが目を細めて笑った。

「そのような顔もできるのですね。いいものが見られました」

「ノーランド様ったら」

「それでは、私はこれで失礼させていただきます」

「もうすぐジェラルド様が戻ってまいりますわ。お会いになっていかれませんの？」

「話すだけなら立ち話で十分です。では、失礼」

一礼して部屋を出ていく後ろ姿を見送った。

あの頃のジェラルドの望みとは何だったのだろう。

（もう願いは叶わなくていいの？）

クロウ隊を辞めるということは、サシャ王とかわした約束を反故にするということだ。

ジェラルドはエステルを知りたいと言った。

（私もお義兄様のこと、何も知らないのかもしれない）

エステルにはジェラルドの望みひとつ思い浮かべることができなかった。

◇◆◇

――今日も手を振り返してくれなかった。

当たり前だ、と頭の片隅でもう一人の自分が呆れている。

五年、いや十一年の溝をたった数日で埋められると考えること自体がふざけている。

エステルの白金色の髪は遠く離れていても、よく目立つ。

彼女が窓際に立つようになったのは、今日で三日目。

迷惑がられてもいい。少しでもエステルの意識が死から逸らせることができるのなら、嫌われることも大歓迎だ。

ほっとするも、油断は禁物だった。

今日は、馬を散歩させる傍らライの事故死を担当したという男に会ってきた。

ライが行方不明になったというシダの大木がある場所と、遺体が発見された川べりは一本道で繋がっている。ライが遊びに夢中で足を滑らせたというのが、警察の判断だったが、果たしてそうなのだろうか。

当時、一面は雪に覆われていた。

『子どもは大人が予想もしないことをしでかしますからね』

大人では到底考えられないことでも、子どもならば十分あり得るというのだ。子を持ったことのないジェラルドにはわからない感覚だったが、三児の父親だという男が言うのなら、信憑性は高くなる。

――それでも、納得はしていない。

腑に落ちない点は、まだあった。

ライの世話役となっていた侍女が、ライの死をきっかけに屋敷を去っている。犯した過ちに耐えきれなかったとも考えられるが、彼女の場合、その前後にきな臭い行動を取っていた。

侍女は貴族の娘だったが借金を抱えており、屋敷に勤めに入ったのも、給金の高さからだった。真面目で兄妹の多い彼女は、幼子の扱いも慣れていたことが理由で、世話役に抜擢された。

借金の内容は、父親の事業失敗による負債だった。

しかし、それがライの死の前後で、すべて返済されていた。

一介の侍女がそうそう返せるはずのない額を二回も出してきたことで、債権者はそのときの様子をよく覚えていた。

『青白い顔のわりに目だけはギラギラとしていた。こういう仕事をしていると、色々とわかることがあるんだが、あれは覚悟をした人間の顔だったな』

問題は、彼女が得た金はどこから出てきたものなのかだ。

(単独ではこの辺りが限界か)

ライの事故に事件性が窺(うかが)える。いや、十中八九、侍女が真相を知っている。

ジェラルドはため息をつき、足を止めた。

一度、本部へ戻る必要が出てきた。

けれど、この場を離れたくもない。

(愛をなくした心……か)

最愛の息子を失ったのだ。

代替えの愛などあるはずもない。もちろん、ジェラルドの愛は端からお呼びではないのだ。

自業自得だとわかっていても、歯がゆい。

何かないのか。

ため息をつく瞬間に、背後から人の気配を感じた。

「誰だ!?」

構えれば、立っていたのは副隊長のノーランドだった。

「——お前か」

「申し訳ありません。ですが、直近の隊長の行動について伺いたく参上いたしました。隊長はいつから休暇を取られていたのでしょう?」

「そんなものは取っていない」

「と、思いましたので、手続きをしておきました。たまっている有給を消化してください」

「ノーランド、話がある」

「隊を辞めたい、という話ならアルベールを捕獲した後で直接サシャ王に願い出てください」

「——お前は千里眼でも持っているのか」

「察しがいいと言ってください」

ため息をつくと、「ライの件で不審なことがあるのですね」と言われる。

「なぜ二週間もの間、見つからなかった」

「東洋には神隠しという言葉があるそうです。何日も行方不明の子どもがある日無事に帰ってくることを指すようですが、ライの場合は違いますね」

神隠しだろうと、無事に戻ってきてくれさえすれば何でもいい。エステルはそう思い続けていたことだろう。

もしかしたら、今もそう思っているのかもしれない。

死を望むのは、ライへの恋しさが溢れてやまないからではないだろうか。

「ライ付きの侍女を捜してくれ。彼女がどこから大金を得たのかもだ。二ヶ月前、村で不審な行動をする者がいなかったかも探ってくれ」

「侍女がライを誘拐し、監禁したと？」

「可能性はある。発見者の村人の話では川に沈んでいたというわりには、腐敗が進んでいないようにも見えたそうだ」

「調書にはそのような記述はありませんでしたが？」

「村人の素人感想と医師の検分、お前ならどちらを書き残す？」

「なるほど」

「ともかく、ライはどこかで数日間は生きていたはずだ」

「かしこまりました。――それで、エステル様とはいかがですか？」

「……」

「前途多難ですね」

「わかっているのなら、わざわざ聞くな。用がないのなら、帰れ」

「えぇ、八つ当たりをされる前に退散いたします。ですが、不憫な隊長に私からひとつ助言を。世界で唯一枯渇しないものは愛だけです」

「何だ、それは」

どこかの思想家みたいな助言に眉を寄せれば、ノーランドがひょいと肩をすくめておどけて見せた。

「隊長が愛の泉を掘り当てられるか否かにかかっているということです」

意味深な言葉を残し、ノーランドは帰っていった。

さながら今のジェラルドは広大な荒地でたったひとつの水脈を探す無謀者ということか。

渇いた心を癒やせるのは、愛だけ。

エステルはジェラルドの愛を必要としていない。ならば、自分はそれ以外のすべてを彼女に与えよう。

（必ず見つけ出して見せる）

それが、ジェラルドにできるたったひとつのことだった。

◇◆◇

夢に出てくるライは、いつも泣いていた。
久しく見ていなかった夢。
寒い、怖い。
怯えるライの声がエステルを恐怖に駆り立てた。
「ライ!!」
夢から覚めても、恐怖は消えない。ライの泣き声が耳にこびりついていた。
助けなくては――ッ。
ベッドから転がり落ちるように飛び出し、外へと走った。
ライ、ライッ、ライ――!!
ランタン片手にライの声がするほうへとひた走る。
石に躓(つまず)き足を取られようが、必死だった。
川の音が聞こえてくる。
あそこにライがいる――。

「エステル!!」

川に入ったところを、後ろから強い力で引き戻された。

「何をしているっ。こんな夜更けに川に飛び込むなんて自殺行為だぞ！」

「お……義兄様っ。お願いっ、ライを助けて!!」

必死の形相に、ジェラルドは虚を衝かれた。

「ライが？　エステル何を……」

「ライが助けてって言ってる！　ずっと……ずっと聞こえてくるのっ。怖い、苦しいって！」

「──どこにいる」

「え……」

未だかつて、エステルの話をまともに取り合ってくれた人は誰もいなかった。

驚くと、「ライはどこから呼んでるんだ」と言われる。

「あ、あそこからよ」

「エステルはここにいろ」

言うなり、ジェラルドはランタンを奪うと、指さした方向へ向かう。夜の川の中に躊躇わず入っていく姿を、エステルは固唾を呑んで見守った。

暗闇にジェラルドが持つランタンの光だけがゆらゆらと不自然な軌道を描いている。エステルの言葉を信じ、ライを捜してくれているからだ。

ライはもういない。

頭では理解していても、それならばどうしてライの声はいつまでも止まないのか。その答えがここにあるのだ。

エステルを呼ぶのには、必ず理由がある。

ライが何か伝えようとしてくれているのだと。

やがて、明かりの動きが止まった。

「エステル！」

水をかき分けながらジェラルドが駆け寄ってくる。

「これを……」

「――嘘……」

彼の手にあったのは、紫色の宝石が付いた指輪だった。

「二ヶ月経っても残っていたのは、水草に絡まっていたからだろう」

見間違えるはずがなかった。

それは、ルヴィエ伯爵がいつも身につけていたものだからだ。

「どうしてこれが。まさか、お義父様がライを……？」

ライの葬儀の日、彼の指に指輪はあっただろうか。

愛しい存在を亡くした悲しみが深すぎて、当時のことはあまりよく覚えていない。

エステルはルヴィエ伯爵からの命令を、ライを理由に断り続けていた。恩義はあっても、我が子が大切だったからだ。

(だからなの？)

貧乏貴族となったルヴィエ伯爵にとって、エステルの曖昧な態度は腹立たしいことこの上なかったのだろう。

「でも、そんなことで――」

元凶が消えてしまえば、エステルが伯爵の命令を受け入れる。――そう考えたのではないだろうか。

じっと指輪を見つめたまま、微動だにできずにいると、ジェラルドに抱きしめられた。

「……エステル。あの男と何があった」

ビクリと肩が震えた。

「ライはそのトラブルに巻き込まれたのではないか？　ライが行方不明になる前後、父に何か言われなかったか？」

「……」

「エステル。ライの死に関わることだぞ。それでもまだあの男を庇うのか」

「――お義父様は、夫の遺産が欲しいのです」

ジェラルドの言うとおりだった。これ以上は、尽くせない。

「話してくれるのか」

エステルは頷いた。

ジェラルドはエステルを川辺から離れたところへ連れて行き、大きな石を椅子代わりにして座らせた。足下に置いたランタンが真っ暗な不安の中に灯った光明のように思えた。

「お義父様が私をゴーチエ様のところへ嫁がせたのは、彼の遺産を手に入れるためでした。アルベール様が王座に就けなかったときの保険を掛けるためです」

アルベールが王位継承争いに敗れれば、彼を支持していた貴族たちも処分される。それを見越した執事が伯爵に進言したのだ。

「私がライを身籠もっていたことも、彼らは自分たちの好機としようとしたのです。ゴーチエ様のもとで子どもを産めば、もれなくその子は彼の実子となります。もちろん、ゴーチエ様が黙認してくださることが大前提ですが、彼は私がアルベール様の妃候補となってからも、熱心に求婚のお手紙をくださっていましたから、断るはずはないと考えたのでしょう」

実際、その通りだった。

ゴーチエはエステルが身重であることを承知で娶り、産まれた子を実子とした。

だが、熱烈な求愛をした人物とは思えないくらい彼はエステルたちに無関心だった。にもかかわらず、遺言を残し、遺産の一切はすべてエステルとライが受け継ぐこととなったのだ。

「ゴーチエ様が亡くなってしばらく経ってから、お義父様は遺産を自分へ渡すよう言いました。けれど、私には守るべきものがあった。お義父様の要求は、屋敷、事業、私財すべてを譲り渡すことだったのです。そんなことをすれば、ライと私は路頭に迷ってしまう。せめて、生活をしていけるだけの分は残してくれるよう頼みましたが、受け入れられませんでした。ですから、私はスタンリーの知恵を借り、お父様にある程度の送金をすることで、要求を先延ばしにすることにしたのです」

「それがミシュア子爵への送金か」

まさか、ルヴィエ伯爵がアルベールの逃亡を企てているなんて、当時は考えてもいなかった。

「だが、スタンリーは父の企みを知っていた」

「私は事業に関しては素人です。ゴーチエ様の右腕でもあったスタンリーに教えを乞いながらでしたから、彼が是と判断したことに疑いは持ちませんでした。特別な好意を寄せられていることは感じていても、私はスタンリーの想いには応えられません。私にはライだけがすべてでしたし、――私が心を開けば、必ずその人は不幸になってしまいますもの」

「それは違う！　それはあの男がそう仕向けていただけだ」

「いいえ、違うのですっ。確かに、お義父様は躾だと言って、私の周りのものを傷つけました。けれど、――それだけではないのです。私は……私のせいで、大勢の人が死んでしまっているの。ルヴィエ伯爵はたった一人、生き残った私を救い出してくれた人なんです」

「――な……っ」

驚くのも無理はない。

エステルはこの話を誰にもしたことはなかった。

「記憶が曖昧ではっきりとは覚えていないのですが、私は母と一緒に追っ手から逃げていました。乗り合いの馬車に滑り込みほっとしたのもつかの間、叩きつけるような雨が降り始め、山道を行く途中で馬車が横転し、崖に転落してしまったのです。ほとんどの乗客が命を落とした中、私だけが軽傷で済みました。転落する寸前に、母が外へ放り投げたことで助かったのです。私はそこを通りかかったルヴィエ伯爵に助けられました」

真っ黒い人影からぬっと伸びた大きな手のひらは、誰のものだったのだろう。エステルたちはその手から逃れるために、馬車に乗り込んだ。

はじめて他人に話した過去をジェラルドはどう感じただろう。

瞠目する様子に苦笑し、「……私に関わるとみんな不幸に巻き込まれてしまうのです」と告げた。

「――いや、違うな」

「え？」

「それがお前のせいだと誰が言った？　馬車は雨のぬかるみで転落した。天候を操れるのは神だけ。人の運命もだ。でも、エステルはそうじゃない。妖精のごとく美しくても、お前は人だ。ただの人間に誰かを不幸にする力はない」

「ですが！」

「そう思うのは、作為的にそう思うよう操作されたからなんだよ」

ジェラルドの言葉に、はっとした。

「心当たりはあるだろう？　お前を意のままに操るため、思考までも束縛した者は誰だ」

「――――お義父様……」

ルヴィエ伯爵はエステルの中で絶対的な存在だった。彼の言うことに疑問を持つことなど許されないと思っていた。

ルヴィエ伯爵は命の恩人だから。

孤児となったエステルを養女とし、育ててくれた人だからだ。

たまたまエステルが抜きん出た美貌を持っていたことで、ルヴィエ伯爵はそれを活かし、アルベールの妃候補となるよう厳しく教育した。

ゴーチエと遺産目当ての結婚をしたのも、ライの命を守るのが条件だっただけではない。

根底に植え付けられたルヴィエ伯爵への忠誠心が無意識に働いたからだ。

けれど、――果たしてそれでよかったのだろうか。

はじめて、エステルはルヴィエ伯爵に疑念を抱いた。

彼の行動は常に自分ありきのものだった。

エステルはルヴィエ伯爵の欲望を叶えるための駒。そこに人としての権利も、心もない。

求められていたのはいかなる時にも完璧な振る舞いと、完成された美、そして絶対的な彼への忠誠心だ。

ジェラルドには嫌われていると思っていた。

だがそうではなく、向けられていた嫌悪は、ルヴィエ伯爵との関係にだったのだろうか。

盲目的に従っていたエステルには、見えていなかった現実だ。

手の中にあるルヴィエ伯爵の指輪を見つめる。

ライはずっとこれを教えたがっていたのだろうか。

自分は事故死ではない。死に追いやった者がいることをエステルに伝えようとしていた。

夜な夜な夢に現れて伝えてくれていたことに、ようやくたどり着けた気がする。

(私一人では見つけられなかった)

なぜ、ジェラルドとなら見つけられたのだろう。

顔を上げれば、痛ましげに目を細めるジェラルドが見えた。

「これを俺に預けてくれないか。必ず、真相を明かしてみせる。それが、俺が親としてできる最初で最後のことだ」

親として、してあげられる最後のこと。

胸を衝いた言葉に、ふいに涙がこみ上げてきた。

「二人でライを神の御許(みもと)へ送ってやろう」

今もライの魂はこの世に縛りつけられているのだろうか。愛しい子に不憫な思いはさせたくない。

でも、エステル一人の力では無理だ。

「……力を貸してください」

ジェラルドが指輪を見つけられたのは、彼だけがエステルの声に耳を傾けてくれたからだ。彼となら、真実にたどり着ける。

エステルが積み上げてきた価値観が根底から覆されることになっても、知りたい。

なぜライは死ななければならなかったのか。

そのためなら、私はこの手を取ることだってできる。

「お願い、お義兄様。私たちを助けて――」

おそるおそる背中に腕を回す。それでも、縋ることを躊躇っていると、ジェラルドがその腕を摑んで、自分で身体に巻き付けた。

「もちろんだ」

――もう振り払われることはないのだ。

じわりと温かい涙が滲んだ。

◇◆◇

ライの死の真相を探る。

事件はまだ二ヶ月前だ。証言者も物的証拠も十分残っているはずであるにもかかわらず、捜査は難航した。

前回話を聞きに行った後、警察が証拠をすべて処分してしまっていたからだ。

「いや、終わった事件でしたし。事件性もありませんでしたので……」

担当官の間の抜けた返事に、怒りを覚えたのは言うまでもない。

そのため、ジェラルドは一から捜査をやり直す必要があった。

関係者だった者たちを洗い出し、当時の状況を聞いて回る。些細なことでも聞き逃すことがないよう、細心の注意を払った。

しかし、村の者たちも事件の悲しみを思い出したくないのか、誰しも口が重い。第一発見者ですら、「もう放っておいてくれ」と言い出す始末だ。どうやら、事故当時に新聞記者たちからの過剰で執拗な取材に辟易したらしい。

「ごめんなさい」

夕食の席で、エステルがすまなそうに詫びた。

ジェラルドの前に並べられた肉を中心としたメニューに対し、エステルの前には目を疑うほどの量しか盛り付けられていない。

それでも、食事を取らなかったときを思えば大きな前進だ。

「謝ることなんてない。ライの事件は俺に任せて、エステルはたくさん食べて英気を養っておいてくれ」

「でも……私がもっとしっかり覚えてさえいれば、お義兄様にご苦労をかけることもありませんでしたわ」

昔の呼び名で呼ばれるたび、ジェラルドは密かに歓びを覚えている。指輪を見つけたときから、明らかにエステルとの距離が近くなったように感じていた。

「気にするな。一から捜査をし直すことで、警察が見落としていた点が見えることもあるんだ。二度手間にはならないさ」

困ったような顔に力強く頷いて見せれば、小さな声で「ありがとう」と言われた。

エステルと食事をするのも、何年ぶりだろう。

小さな口で食事をする様子は、可愛い小鳥を見ているようだ。

あの口に自分の欲望を押し入れて興奮していた自分は、外道だ。

「今日は何をしていた。身体の具合はどうなんだ？」

「おかげさまで、随分とよくなりましたわ。今日はやり残していた仕事を少し片付けておりましたの。スタンリーがいればよかったのですけれど、一人だとまだ判断に迷うこともあって。……いけませんね」

瞳を揺らすエステルに、ジェラルドが心を揺さぶらせた。

スタンリーの取り調べを担当しているノーランドの話によれば、スタンリーは特別な想いをエステルに抱いていたというのだ。

彼女の母親である娼婦は美しい女だった。

スタンリーは彼女の上客であり、幾度も結婚を申し込んでいたという。しかし、彼女はスタンリーとの身分の差に遠慮し、頷くことは一度もなかった。やがて、彼女は一人の女児を産む。父親のわからない娘は、類い稀なる美貌を持っていた。

しかし、ある日、女も娘も忽然と姿を消したのだ。

十一年の年月が過ぎ、スタンリーは社交界でエステルを見つける。一目で自分が愛した女の娘だと確信し、ゴーチエの名でエステルに結婚を申し込んだ。

『エステル様に特別な愛を望んではおりません。ですが、せめてあの方が幸福になる姿を命ある限りお側で見守っていきたいと思ったのです』

スタンリーの言葉を伝える頃には、エステルの食事をする手も止まっていた。

彼女は、スタンリーにどんな想いを抱いていたのだろう。

「彼を愛していたのか？」

聞いたところでせんないことなのに、問わずにはいられなかった。もし、エステルが心を寄せていたらと思うと、冷静ではいられなかった。

「……どうだったのでしょう。彼だけが人を拒む私に臆することなく親身になってくれた人でした。ライも彼にはよく懐いていて、……私に父親がいたら、こういう方だったらいいなと思うことはありました」

恋慕がないことにほっとするも、ふと見せた寂しげな表情に切なさがこみ上げる。

「母親からは何も聞かされていなかったのか？　エステルの髪も瞳も特徴的だ。思い当たる男がいたはずだ」

「知っていたのかもしれませんが、母からは何も聞かされていませんでした。子どもを一人で産み育てていくのには、相当な覚悟と忍耐が必要です。私にも母のような強さがあればよかったのに」

「エステルは自分が弱いと思っているのか？」

「その通りですわ。私は一人では何もできない。あの方……ルヴィエ伯爵の言いなりになっていたのも、恩に報いると言いながらも、本当は楽な道を選んだにすぎません。抵抗する気持ちを持てなかったのは、怖かったからです」

「あの男の折檻がか？」

　エステルが無言で首を横に振った。

「それもありますが、……黒い大きな手に、です。馬車の転落事故の前後に見た光景が伯爵の姿に重なって見えることが恐ろしかった」

「エステルたち母娘は追っ手から逃げていたと言ったな。黒い影の顔は見ていないのか？どこか身体の一部分だけでもいい」

　エステルがルヴィエ伯爵家に来るきっかけとなった事故。

　馬車が転落しなければ、ジェラルドはエステルと出会えなかっただろう。

　エステルと出会えた幸運を喜ぶことができないのは、義兄妹というしがらみに囚われることになってしまったからだ。

　ただの男と女のまま出会っていれば、自分たちには違う未来があった。彼女を見た途端、恋に落ち、手に入れたいと奮闘しただろう。

（愛しているから）

　言えなくなった言葉を胸の中で呟く。

「──ごめんなさい。何も覚えていませんの」

　落胆に沈む表情すら、愛おしい。

そんな顔をさせたいわけではない。でも、どんな表情も見てみたい。けれど、一番は笑っている顔が見たかった。

十一年前に一度だけ見た、弾けるような笑顔はもう見ることができないのだろうか。

「いや。俺のほうこそ、辛いことを思い出させて悪かった」

こんなにも穏やかな気持ちで、エステルと話せる日が来るなんて思ってもみなかった。

はじめてエステルの胸の内を知った。真摯な気持ちで向き合わなければ、一生知ることはなかっただろう。

十一年も同じ屋敷で暮らしていながら、自分は彼女の何を見ていたのか。

すると、エステルが小さく笑った。

「不思議ですわね。お義兄様とこんなふうにお話しできるなんて、思ってもみませんでした」

「そうだな」

エステルも自分とまったく同じことを思っていたことが、ひどく嬉しい。

「……聞いてもよろしいですか？」

「あぁ、もちろん」

「……ルイーゼとは……その、いつ別れたのですか？」

「四年……いや、五年前だ。彼女の純潔を奪ってしまった責任を取る形で求婚した」

「……っ」

エステルがわずかに浮かべた傷心の表情に、不謹慎ながらも胸に歓喜が広がる。

彼女の心にはまだ自分が入り込むだけの隙間があると思いたかった。

「だが、俺はサシャ王の犬。ルヴィエ伯爵家の嫡男としての立場を捨て、サシャに下った男だ。平民と変わらない暮らしも、任務で何日も家を空けることも多く、彼女を二の次にしていたことも、夫婦の営みどころか口づけすらしなかったことも、何もかもが不満だったのだろう。気がついたときには、間夫を作っていた」

「そんな……」

ジェラルドが苦笑いをする。

「愛がないことを承知で結婚をした俺が悪いんだ。ルイーゼには慰謝料と家を明け渡して、別れた」

「それでは、お義兄様の住む場所がなくなってしまったのではないですか？」

「男の独り身ならどうにでもなる。しばらくは詰め所の仮眠室で寝泊まりしていたが、ノーランドに追い出され、詰め所の近くに部屋を借りている。それ以来、誰とも関係を持っていない」

最後に女を抱いたのは、五年前のあの夜。

ルイーゼをエステルと間違い、抱いたときだ。

「お寂しくはないのですか？」

「任務が忙しくて、孤独を感じる暇もないんだ。国王は馬車馬のごとく俺たちをこき使ってくれるからな」

「まぁ」

おどけてみせれば、エステルが口元に笑みを浮かべた。

「俺には心に決めた人がいる。彼女の幸せが俺の幸せなんだ」

「……」

「エステルのことだ。俺はお前に幸せになってほしい。そのためなら何でもする」

恋慕は憎しみの炎では焼き消せなかった。

ならば、壊すのではなく慈しもう。

エステルが幸福になる手伝いをすることが、ジェラルドの幸せなのだ。

自分は不幸を呼ぶ者だと思い込んでいる彼女に、そうではないことを教えたい。ライの死も、エステルのせいではないのだと証明しなければ。

エステルは誰も不幸にしたりしない。

彼女の存在がどれだけ尊いものか、気づいてほしい。

（愛している）

自分の心を認めれば、愛はこんなにも優しい。

二度とエステルを傷つけはしない。

彼女の目の前の食事があらかたなくなっている。そのことがたまらなく嬉しかった。

◇◆◇

ジェラルドと会話を楽しめる日がくるなんて、思ってもみなかった。

食事の席で、中庭で、エステルの部屋で。顔を合わせれば、挨拶を交わし、仕事の手が空いた時間、寝る前のわずかな時間を狙ってジェラルドは会いに来た。

話す内容はどれもとりとめのないこと。

はじめこそエステルがルヴィエ伯爵家に来てからのことが多かったが、次第に話題はジェラルドのことへと移り、サシャ王との出会いを聞いた。

「お義兄様の望みとは何だったのですか？」

「何だ、いきなり」

「ノーランド様がおっしゃっていたのです。お義兄様がサシャ王に従うのは、王に望みを叶えてもらうためだからだと」

「あいつに会ったのか？」

頷くと、「いつだ」と剣呑な声で言われた。

「お義兄様が馬の散歩をさせた日です」

「あいつめ。――他に何か言っていなかったか!?」

詰め寄られ、たじろいだ。

「聞かれては困ることがあるのですか？」

「それは、その――何だ」

「――あるのですね」

ジェラルドもいい大人だ。

口ごもるのは、後ろめたい気持ちがあるからだろう。

「別に気にいたしませんのに」

「そうなのか？」

弱気な声に目を向けると、じっとジェラルドが見つめてきた。

「俺は気になる。エステルがこの五年、誰に心を揺らされたのか。ゴーチエとはどんな暮らしをしてきたのか。本当に何もなかったのか。夫婦なのだからベッドは共にしたことがあるんじゃないか。考えただけで嫉妬で頭が沸騰しそうになる」

「な……、なんて破廉恥な。ゴーチエ様とは何もございませんっ。寝室も別でしたもの」

「一度もないと誓えるかっ？」

ジェラルドは執拗に食い下がってくる。

「お義兄様！」

「……っ、すまない」

詰る声に、ジェラルドがむき出しの嫉妬を収めた。

エステルに剣呑な目を向けていた頃とは大違いだ。

でも、好意を向けられることにエステルは前ほど困惑していなかった。

「――前にお義兄様が直してくれた中庭のブランコ。ライはよくあれで遊んでいましたの。後ろから押してくれと何度もせがまれましたわ。覚えていて？　お義兄様が私を連れていってくれた場所にあったブランコ。庭のブランコはあれを思い出して作ったものですの」

「よく覚えている。俺も小さなお前に背中を押してくれとせがまれた」

「だって、とても楽しかったんですもの」

エステルの中にある楽しい思い出はジェラルドと遊んだあの一日だけ。

「ライを産むまでは、本当に私などが子どもを育てられるのか不安でした。私は愛情を知りません。愛することも愛されることもなかった私が、ライとどう接したらいいのか、本当に迷いました。けれど、不思議ですのね。毎日、毎晩。片時も離れずライの側にいて、あの子の世話をしていくうちに、愛おしさが不思議と胸の中にあったのです。あの子を守りたい、この子を守るためなら何でもやろう。それこそ、命をかけても惜しくはないと思えるほどに、愛おしくてたまりませんでした」

ライの寝顔を見つめながら、自分が生み出した命の尊さに涙した。

「私はずっと私自身が嫌いでした。綺麗だと周りは私の容姿を褒めてくださいますが、私にはそれだけしかありません。誰かを想えば、お義父様に傷つけられ、自由も心も取り上げられた私はいったい何なのだろうと。でも、あの子を産み、健やかな成長を見守っていくうちに、自分にだってこんなにも素晴らしい奇跡が生み出せるのだと知りました。無価値な私が誰かのためになれることを、あの子は教えてくれましたわ」

「ライを深く愛しているんだな」

「――私のすべてでしたもの」

不思議だった。

ライの父親である彼に、あの子のことをこんなにも穏やかな気持ちで話している。

ジェラルドが変わったからだろうか。

エステルを見る眼差しはいつだって優しく、常に後悔の光が見え隠れしている。

もう無下に扱われることも、無体を働かれることもない。

エステルの心と身体を気遣う彼は、屋敷に戻ってからエステルに触れることはなかった。

(優しい時間)

お互いの気持ちを言葉にすることで、それぞれの思いに誤解があったこともわかった。

「俺はずっと父の命令で、俺を無視するようになったのだと思っていた」

無理もない。エステルがジェラルドを避けるようになったのは、ジェラルドに対するルヴィエ伯爵の折檻があった後からだった。

「……お義兄様は私に親切にしてくださったのに、そのことでお義父様に折檻されてしまったことが怖くなったのです。もし、お義兄様と親しくすれば、お義父様は私が失敗をするたびにあなたを傷つけるでしょう。そんなことさせられない。だったら、離れるしかないと思ったのです」

「俺はあの男からの折檻など気にしない。手紙にもそう書いたはず――」

いいえ、とエステルは首を振って彼の言葉を遮った。

「屋敷の者たちはお義父様の目であり、耳でした。私はどこにいてもお義父様に監視されていたのです」

どんなに秘密にしていても、いつの間にかエステルの宝物はルヴィエ伯爵にばれていた。なぜなのだろうと思っていたけれど、使用人たちがエステルを監視しているからだと気づいたのは、いつだったか。

「私はお義父様の完璧な娘でなくてはいけなかったのです」

ルヴィエ伯爵の望まぬものはエステルも望んではいけない。

窮屈な暮らしを苦痛だと思わなくなったのは、諦めることが当たり前になってからだった。

植え付けられた価値観は、ブルナン邸に嫁いできても変わることはなかった。

使用人は家長の監視役、自分は望まれることだけをして生きる。

それが、エステルの生き方だったのだ。

「――辛かっただろうな」

ぽつりと呟かれた言葉に、エステルは苦笑した。だが、琥珀色の瞳から涙が零れ落ちるのを見て唖然とした。

「どうして泣いているのです?」

「俺はお前が不憫でならない」

「もう慣れましたわ」

ジェラルドが首を振る。

「そんなことに慣れるな。……慣れたら駄目なんだ」

だが、エステルにはそうする以外、術がなかった。

何も言えないでいると、「……そうだよな。エステルは悪くない」と言われる。

「つくづく自分が情けない。俺は何も見ていなかったのだと思い知ったよ。お前の抱えた苦しみも知らず、どうして無視されるのだと年甲斐もなく腹を立てていたのだからな」

「それは――、誰しも突然態度を変えられれば、そうなります。仕方ありませんわ」

「こんな俺に、お前は慰めをくれる」

　涙目を細めながら、「なぜなんだ?」と告げた。

「俺を憎んでいたはずだ。腹の子が俺の子であると知りもせず、父と共にエステルを罵り蔑んだ俺を。それだけではない。アルベール逃亡に荷担した容疑で、お前をひどく扱った。あんなこと……人間のすることではなかった。恨んでいい。俺はそれほどのことをしたんだぞ。なのに、なぜまだ俺に情けをくれる? 屋敷に招き入れ、こうして共に過ごす時間をくれるんだ?」

　ジェラルドがエステルにしたことは、許されることではない。

　思えば、優しさをくれたのはあのときだけ。

　それ以降はずっと、彼にはつれなくされてきた。嫌悪され、蔑まれた。

　――もう愛していない。

　五年前、ライの存在を否定されたことで、エステルの愛は砕け散った。

　それなのに、今は穏やかな気持ちで彼と向かい合うことができている。

　まるで、これまでの関係を積み上げ直すかのように言葉を交わしたのは、なぜなのだろう。

（愛はないと思っていたはずなのに――）

　エステルの気持ちは今、どこへ向かおうとしているのか。

食い入るようにジェラルドを見つめた。

泣き顔のまま、エステルの答えを待つ彼に浮かぶのは、……切なさ。

（お義兄様は本当は優しい人なの）

過ちとはいえ、一夜を共にしたルイーゼを娶ったのは彼女への責任と、彼の誠実な気持ちがあったから。

エステルを外へ連れ出してくれたのも、彼がエステルを不憫に思う気持ちからだ。

けれど、激情家でもある人だから、時々怒りが理性を焼き消す。

五年前も、拘束されたときもだ。

ずっとジェラルドの憤りを感じていた。

彼はエステルを虐げながらも、悲しんでいた。

彼は感情を表に出すことができる。エステルには到底できないことをしてみせる。

不器用で実直で、子どもみたいに幼い心もある人を、エステルは愛したのだ。

恋は理屈ではない。落ちてはじめて気づくもの。

一目見たときから、彼に恋をしていた。

「泣かないで、お義兄様……」

ジェラルドの頬に伝う涙をそっと指で拭った。

目を閉じされるがままになる姿は、エステルにすべてを委ねている獣のようだ。

「これからは、お義兄様が私を幸せにしてくれるのでしょう……？」

他人に自分の幸せを強請るなんて、他力本願もいいところだ。

「あぁ、必ず。俺がお前を幸せにする。ライの魂に誓うよ」

この湧き上がる気持ちを何と呼ぶのだろう。

「嬉しい」

呟き、彼の頭を抱きしめた。


エステルはその日、庭を歩いていた。

特に理由はない。

ただ何となく、外へ出てみたくなったのだ。

春の陽気は徐々に温かさを増してくる。吹く風も随分と心地良くなった。

ブルナン邸の中庭には薔薇の群生が綺麗に形作られている。

(よくライと歩いたわ)

『お母様――っ』

景色に染みこんだライの声に、エステルは微笑みを浮かべた。

『お母様、こっちだよ。こっち』

ルヴィエ伯爵の指輪を見つけて以来、夢にライが出てくることはなくなった。

ライの面影を追って道を歩く。

薔薇のアーチを進むほど、どんどん現実と幻想の境が曖昧になっていく。

「ライ、待って」

徐々に早くなった歩みは、駆け足になり、息を切らしながら、ライの背中を追いかけた。

不思議と、川辺へ急ぐときのような焦燥感はなかった。本当にライと追いかけっこをしているような、楽しさと期待に胸を弾ませる。

手を伸ばし、指先が背中にかかろうとした直後。

唐突に薔薇の道が開けた。

「あ——……」

待ち構えていたように強い風が一瞬吹いて、白い花びらを巻き上げる。

見渡す限り、一面のシロツメクサ。

『見つけたよ』

ライの面影は、そこで眠るジェラルドに重なり、すぅっと消えた。

聞こえた言葉の意図をはかりかねる。

おそるおそる近づいた。

心地よい寝息を立てるジェラルドの顔には、今日も疲労の色があった。事件の洗い直しで疲れているのだろう。

エステルは、彼の側に膝をついた。

こんなふうにジェラルドの寝顔を見るのは、二度目だ。

一人のときは、気づかなかった。いつの間にこんなにもたくさんのシロツメクサが茂っていたのだろう。

『お母様、綺麗だねぇ。たくさんお家に咲いていたら、みんなにお花の輪っかを作ってあげられるのになぁ』

『そうね。お家に咲いているといいわね』

風にシロツメクサの群生が揺れる。それは、シダの大木の下で交わしたライとの会話までも運んできたようだ。

鳥が種を運んできたのだろうか。

それとも、風に吹かれて飛んできた種がここで芽吹いたのか。

「あぁ……」

どちらでもいい。

ライがこの場所に連れてきてくれた。

その事実だけで十分だった。

――私のものになって。

私のものになって、私のものになって。

細く長い茎をジェラルドの四肢に絡ませるように、ゆらゆらと風にそよぐそれらは揺れていた。

(まだ起きないで)

祈りながら、そっと顔を近づけた。

そっと形のいい唇に口づける。

「……ン……」

緋色の睫がわずかに動いた。

今日は、あの夜みたいに彼は泥酔していない。いつ起きるかもわからない状況だ。

でも、それでいい。

もうなかったことになんて、してほしくないから。

「起きて、……お義兄様」

唇を啄みながら、呼びかけた。

彼はエステルの愛しい人。

間近で見ると、ライととてもよく似ている。いや、ライがジェラルドに似ていたのだ。

(嫌いになれるはずなんて――なかったの)

エステルが五年間慈しんだのは、愛しい人の血を引いた子ども。

憎まれても、憎めなかった。

嫌われても、愛していた。

ライはエステルの心のようすが。

でも、ジェラルドは――。

「――愛してるの」

唇にかかった息に、ジェラルドが応えた。

一方的だった口づけが深いものになる。口腔を弄られる舌使いに怯えるも、すぐに慣れた。

「ふ……ン、ん……」

甘い吐息が鼻から抜ける。

実は目を覚ましているのではと疑うほどの、濃厚な口づけにうっとりとなったときだった。

「す――すまないっ!」

ジェラルドが目を覚ました。

首を起こした拍子に、また唇が触れ合う。慌ててエステルを押し退け、身体を起こした。

「わざとじゃないんだ! その……夢を見ていて――。エステルが俺を……都合のいい夢のせいで、俺はまたお前を傷つけてしまった」

「夢ではありませんわ」

「なに……」

息を呑むジェラルドに、エステルは微笑みかけた。

「知りたくはないですか？　五年前、私としたことのすべてを」

「エステル……」

「思い出して……」

手を伸ばし、ジェラルドの胸に触れる。シャツ越しに感じる体温に、ぞくりと官能が沸き立った。

日頃から鍛えているのだろう。見た目以上に厚い胸板が呼吸に合わせて上下する。

そっと撫でると、ジェラルドが息を詰めた。

琥珀色の目に驚きと、欲情の焔が見える。

エステルは口元に微笑を浮かべる。

「素敵……」

五年前もこうやってジェラルドのたくましさを手のひらで堪能した。彼が起きないのをいいことに、いつまでも弄っていた。

起きてほしいと思う気持ちと、こんな破廉恥な自分を知られたくない気持ちがせめぎ合いながらも、行為は止まらなかった。

シャツの釦を指でひとつ外す。人差し指の先を潜らせた。

ぴくり、とジェラルドが反応を示した。

間近で彼の目を見つめながら、またひとつ釦を外した。その間も、啄むように何度も唇に口づける。

「……は……っ」

零れた吐息が唇に当たると、ジェラルドがわずかに唇を開いた。誘われているかのような仕草に、エステルはまた唇を合わせる。

すると、ぬるりと生温かいものがエステルを舐めた。

戸惑いながらも、おずおずと口を開く。

「ん……」

肉厚の存在に瞼が震えた。舌先が歯列からなぞり、徐々に奥へと侵入してくる。

上顎の敏感な部分に触れられた瞬間、一瞬手の動きが止まった。ジェラルドはそのわずかな戸惑いを見逃さない。

「ふ……ぅ……ん、ん」

撫でられるたびに、むず痒い刺激が走った。

思わず顔を起こそうとするが、伸びてきた手で後頭部を摑まれた。引き寄せられ、今以上に深い口づけを与えられる。

「ん、……んっ」

舌を絡め取られ、じんと舌先が痺れた。同時に下腹部からもどかしさが生まれる。唾液まで吸い上げられそうな感覚が恥ずかしいのに、興奮する。くちゅりと響く濡れた音に鼓動が高鳴った。

「……それからは？」

は、と息をつけば、ジェラルドが掠れた声で囁いた。

頭に触れていた手が、髪を撫で、背筋をなぞる。

たったそれだけの刺激に、エステルがふるりと身体を震わせた。

ジェラルドが色悪めいた笑みを浮かべる。

「思い出させてくれるんだろう？」

大きな手が背中を這っている。エステルの性感帯を探すように、指先が意思を持って蠢いていた。

「俺は覚えてる。夢の中で繰り返し見てたからな」

もう反対の手もエステルの身体に触れてきた。身体の線を確かめるように脇の下から腰のくびれを何度も往復する。

「細いな。夢で抱いていたときより、実物はずっと細い」

「きゃ……」

力任せに身体を引かれ、ジェラルドの上へ押し上げられた。跨がるように座り込むと、臀部に厚い塊が触れた。

「あ……」

狼狽えれば、宥めるようにジェラルドに頬を撫でられた。

「この角度からお前を見るのが夢だった」

「お義兄様……」

するりとジェラルドが立て襟を飾るリボンを解く。

「五年前も、こうやってエステルの服を脱がせたのか？」

前合わせになっている釦を両手で外していくジェラルドが、時折視線を上げてエステルを見た。その蠱惑的な眼差しに身体中の体温が上がる。

「今、覚えていると……」

違うと首を振れば、「なら、教えてくれ」と乞われた。

「どうだったかな？」

都合よく記憶が途切れるものなのだろうか。

緩く睨めつければ、眩しそうにジェラルドが目を細めた。ドレスを脱がされ、肩がむき出しになる。直に触れた手の熱さに、エステルは息を詰めた。

「強く握ったら壊れそうだ」

そう囁き、鎖骨から胸元へ手を滑らせた。

「……んっ」

「でも、ここは豊かだ」

乳房の膨らみに触れ、官能的なため息を零す。指先が谷間の線をたどり、名残惜しそうに戻っていく。左手は下着の上から乳房を支えるように当てられていた。

「エステル、欲しい」

直接的な言葉に、心臓が高鳴った。

「夢じゃなく、本物のエステルを味わいたい。触って、確かめたい」

もどかしげに左手が乳房を揉みしだく。ぬるい刺激に秘部がきゅんと疼いた。

嫌だ、なんて言えない。

先に仕掛けたのはエステルなのだ。

おずおずと彼の左手を右手で掴んだ。

「……もっと、触ってください」

その直後、身体が反転した。

シロツメクサの絨毯に押し倒され、下着が剝かれる。露わになった乳房にジェラルドが貪りついた。

「あぁ……っ」

尖頂が熱い口腔に囲われる。吸い上げられ、舌先で転がされた。

左手は親指と人差し指の腹で摘まんだものを捏ねて、引っ張る。

細い痛みにエステルは身をよじって悶えた。

「や……あ……ぁっ」

「は……ぁ、甘い……」

しゃぶりつきながら、ジェラルドが感嘆の吐息を零した。

「だ……め、そんなに……引っ張らない……で」

「エステル……、エステル」

許されたことで箍が外れたのか、ジェラルドは滾る情熱をぶつけるようにエステルを愛撫する。

身体中をくまなく手と唇で愛でられる激しさは、五年前を彷彿とさせた。

あのときも、彼はある瞬間を境にエステルを情熱的に愛撫した。

『好きだ……』

身体中に口づけながら、愛を囁く声が思い出のものなのか、それとも現実のものなのかわからなくなる。

彼のくれる激情に呑まれ、エステルは肌をくすぐるスカーレットレッドの髪に触れた。

指を埋め、めちゃくちゃにかき回す。快感に身体が溶けていくようだ。

一糸纏わぬ姿にされると、ジェラルドが膝に手を置いて、脚を割り開いた。白金色の淡い茂みにうっとりと見入っている。

直視される恥ずかしさに、思わず手で隠せば、ものすごい勢いで振り払われた。

「愛してる」

囁くと、吸い寄せられるように秘部に顔を寄せたのだ。

「あぁっ！」

熱い舌が媚肉を舐める。柔らかくて少しざらついた感触に、おのずと腰が揺れる。すると、ジェラルドが両足に腕を回してエステルが上へずり上がろうとするのを妨げた。

引き寄せられ、蜜が溢れる場所を啜られる。

はしたない水音は、聞いているだけでおかしくなりそうだった。

「は……ぁ、だ……め」

そんなところを舐めないで。

引きはがしたいのに、強すぎる快感に力が入らない。ならばと腰を引こうとするも、両腕で囲われているせいで、辛うじて腰が上下に動くだけだった。

「やぁ……っ」

まるで、ジェラルドの顔を押さえて奉仕させているような格好に羞恥で頭が真っ白になる。どうにかしたくても、細腕の力ではどうにもならない。

「お義兄……さま、にい……さまっ」

蜜穴の中まで舐められ、じゅぶじゅぶと蜜が掻き出される。

生ぬるい温度と柔らかな舌の感触に、皮膚の下をぞくぞくとした刺激が走った。

「あ……あ……ぁっ」

羞恥以外の甘さを含んだ嬌声に、ジェラルドがわずかに顔を上げるが、エステルは気づかない。

「これが好きか？」

秘部の中をひくつかせながら、エステルは夢中で頷いた。

「好き……、気持ち……いいの」

「もっとか？」

「うん……。もっと……もっと……して」

唾液と蜜でしどどに濡れた媚肉を指で触れる。ジェラルドがエステルの指を舌で追いかけてくる。逃げるように奥へと潜らせれば、コリッ……と硬い肉芽に当たった。

「あ……っ」

咄嗟に指を引き抜こうとするも、ジェラルドに取り押さえられる。

「一緒に触って」

「でも……ぁ、……はっ」

指先ごとべろりと舐められ、快感が背中を走った。

「ゆっくり動かして。気持ちよくなるよう優しくだ」

「ま……って、そんな」

ジェラルドの指南を受けながらも、舌は間断なく刺激を与え続けてくる。

「ふ……っ、ん……ぁ」

潤滑油代わりの唾液のおかげで、指がよく滑る。

エステルは切なさを訴える秘部をひくつかせながら、言われるがまま花芯を愛撫した。

「上手だ」

褒められて、心が満たされる。

でも、これだけじゃ寂しい。

「にい……さま」

視線で訴えると、ジェラルドが見せつけるように自分の指を舐めた。

(あぁ……)

本能がその先を理解する。

身体がさらなる快感に期待していた。

「あぁ――……」

ゆっくりと埋められた指の感覚に、身体中の細胞が多幸感に満ちていく。欲しかったものを与えられた充足感に吐息が零れた。

待ちわびていた秘部が指を締めつけ、粘膜が絡みつく。

「……すごいな」

掠れた声が呟き、指で内壁を擦り出した。

「あ、あ……ぁ」

ジェラルドは的確にエステルの感じやすい場所を探し当てて、擦る。はじめはゆっくりと、だが徐々に押し上げるように圧をかけられると、悶えるような刺激が身体を駆け巡った。

「ひ……あぁ……、あ……」

全身が燃えるように熱い。

浅い呼吸を繰り返しながら、過ぎる快感から逃れたくて腰を揺らす。それが、ジェラルドを刺激し、これまで以上の快楽が生まれた。

「や……だめ、……そこ……っ」

「ここか？」

「ひぁぁ……っ！」

一瞬だけの鮮烈な感覚に、身体が跳ねた。

ジェラルドは同じ場所を狙い定め、愛撫を送り込んでくる。舌と指との両方からの奉仕に、エステルは正気を保っていられない。

「にいさま……やめ……て、だめ……そこ……きちゃ……う」

「好きなだけ感じろ」

「ふ……んン――ッ!!」

駆け足で迫ってきた絶頂感に抗えるはずもなく、エステルは四肢を強ばらせて達した。

ぎゅうと蠕動していた粘膜が指を締めつける。

秘部からじわりと広がる恍惚感に意識が呑まれていく。

(気持ち……いい……)

五年ぶりに味わう強烈な多幸感だった。

うっとりと視線を蕩けさせていると、ゆるりと指が蠢いた。

「――え……？　ま……まって」

「待たない」

焦るエステルに貪欲な表情をしたジェラルドがほくそ笑む。

「あ……あぁ……や……ぁっ!!」

開ききった身体は、またたく間に新たな快感に飲み込まれた。

全身が性感帯になったみたいに、摩擦熱が痛くて気持ちいい。

「にい様……まだ……終わってない――ッ、ンぁっ!!」

下肢をがくがくと震わせ、二度目の絶頂に飛んだ。

強引に昇らされた身体からは玉のような汗が噴き出している。熱くて、苦しくて、全力疾走をしたあとみたいに辛い。

薄い腹を頻繁に上下させて呼吸をしていると、ようやくジェラルドが身体を起こした。

「あ……」

下衣の上からでも張り詰めた熱塊の形がわかる。

ジェラルドが取り出した欲望は、息を呑むほど長大でずっしりとした質量を持っていた。赤黒く、浮き出た血管まで見えるほど漲る男茎。張った亀頭の大きさに息を呑まずにはいられない。

「嘘……」

あんな凶暴なものが本当に自分の中をかき回していたのかと思うと信じられない。

体軀に相応しいたくましさに釘付けになっていると、ジェラルドは手でそれを扱き、さらに角度をつけた。

獰猛な獣みたいな表情は、エステルを貪ることしか頭にないのだろう。

ぺろりと赤い舌で唇を舐めた。

蜜穴にあてがわれた灼熱の切っ先に息を詰めた刹那――。

「あ……くぅ……っ！」

亀頭が中へ潜った。様子を見ているのか、入り口の浅いところでぐぷぐぷと音を立てながら何度も往復する。

「あ、あぁ……」

「すべて飲み込め」

そう告げるなり、ジェラルドが腰を奥へと進めた。

かり首のごつごつしたところが、粘膜をこそげ取るように擦っていく。それは鮮烈で強烈な快感だった。

「ひぁ……あ……ぁっ」

どこまで入ってくるのだろう。

長大な存在感に意識が根こそぎ持っていかれる。

「奥に……届い……ちゃう……っ」

次の瞬間、内壁を押し上げる質量が増した。

「や……、な……んでっ」

「お前が……悪い」

肌がぶつかる音がする。腰骨に伝わった振動に、ひくりと喉が鳴った。大きすぎる存在に息をするのもやっとだ。内臓がせり上がる感覚がつらいのに、粘膜から生まれる甘い疼きがじりじりと身体中に広がっていく。きゅうっとジェラルドのものを締めつけながら、奥が誘うように蠢いた。

「い……っ」

ずるり、と入り口近くまで引き抜かれ、また最奥まで屹立が埋まる。そのたびに亀頭のくびれが内壁を擦るからたまらない。

「あぁ……！」

尋問を受けている間も何度も受け入れていたものなのに、感覚がまるで違う。あの頃とはまるで別物だった。

恐怖の塊でしかなかったものが、なぜこんなにも気持ちいいのだろう。

（……奥が……いい）

ねっとりとした律動が気まぐれに速度を上げる。

先端がエステルの弱い部分を突き上げてくる。

気持ちいい、気持ちいい。

頭の中がぐちゃぐちゃに蕩けてしまう。

伸ばした両手はジェラルドが強く摑んでいる。振動に合わせてピンと尖った乳房が揺れた。

こんな快感は知らない。

五年前ですら味わわなかった。

「気持ちいいか」

「……もち……い……い」

閉じられない唇からはひっきりなしの嬌声が止まらない。秘部からもジェラルドの腰使いに合わせて白く泡立った蜜が糸を引いていた。

「好き……、これ……好き」

「快感に蕩けた顔もそそる」

「ま……待って、あ……ぁっ」

「いやらしくて、綺麗で、――穢したくなる」

「お義兄様……はぁっ！」

片足を肩に担がれ横向きの体勢になると、また違う快楽がやってきた。シロツメクサに縋り、必死に身体を支える。

苦しいのに、もっと悦楽が欲しぃ。

「や……ぁあっ、深い……」

「でも、好きだろう？」

エステルは夢中で頷いた。

ジェラルドがエステルの腕を取り、肩に担いでいたほうの脚を持たせる。自分で膝の裏を支えながらの行為はひどく卑猥で、興奮した。

「すごく……締まる」

「お義兄さ……まっ、にい……さ……ま」

恥ずかしいのに、もっと自分を見てほしい。

ジェラルドの息づかいが次第に荒くなる。滴る汗に彼の限界が近いことを感じた。

じゅぶじゅぶと秘部を擦られる感覚と、それを与えるジェラルドの形だけが鮮明で、あとはどうでもいい。

裏返しにされ、獣のように繋がり合う。

首を捻り、肩越しに口づけあった。夢中で舌を伸ばし、唇の外で絡ませあう。

獣よりも貪欲で、どうしようもない肉欲に翻弄されながら、エステルはジェラルドを求めた。

「愛……してる」

奪うほど好きで、でも諦めるしかなかったジェラルドへの恋慕。

一度は霧散し消えてしまったと思っていた恋心は、再びエステルの心に焔を灯した。

ライが繋いだ絆が、エステルにもう一度ジェラルドを想う気持ちを呼び起こさせてくれた。

「大好き……、お義兄様が……好き」

愛を告げられる日が来るなんて、夢にも思わなかった。

枯れた心には今、清らかな想いでいっぱいだ。

「愛している」

応えてくれた恋慕が多幸感を誘う。

秘部に熱い精の飛沫を感じながら、エステルも悦楽へ飛んだ。

そうして、エステルたちは日が暮れるまで何度も抱き合っていた。


その夜、ジェラルドのもとにノーランドから連絡が入る。

ライの事件で進展があったと記されていた。

第六章　悪魔と狂犬

クロウ隊本部の尋問室に中肉中背の中年男が一人、寝間着姿のまま挙動不審になって座っていた。

無言で扉を開けると、椅子の上で男が飛び上がった。

その無様な様子を睥睨（へいげい）し、ジェラルドが向かいの椅子に座る。あとに続く二人が、ジェラルドの両脇に立った。

「フレミー伯爵だな」

「い、いかにもっ。わ……私が何をした！　たとえ国王陛下直属の部隊であろうと、このような無礼な振る舞いは到底許されませんぞ！」

「無礼とは聞き捨てならない。椅子に座らせているだけでは不満か？」

声音を和らげて、問いかけた。それだけで、フレミー伯爵は「ひっ……」と震え上がった。

「エステル・ブルナンが送金していた架空の口座は貴公が開設した。間違いないな」

「な、何のことだ……っ」

「しらを切るのなら、それでいい。ただし、クロウ隊の耳は王の耳、この目は王の目と通じていることを忘れるな。そして、我々は無能ではない。だが、貴公の刑が重くなろうと俺には知ったことではないがな」

その直後、左隣でノーランドが持っていた鞭を手でしならせた。

「ま、待ってくれ！　私は、ルヴィエ伯爵に頼まれただけだっ」

「ルヴィエ伯爵に何を頼まれた？」

「だから、口座を開設するようにだ！　時期が来たら、金を下ろすようにも言われていた」

「なぜ、それに従う。今は貧乏貴族に成り下がった男だ。貴公の脅威ではないだろう」

「あなたは彼の息子だろう！　ルヴィエ伯爵がどんな男かわからないのか！」

悲痛な叫びは必死だった。

「知っているさ。だから、聞いているのだろう？　奴に握られている抗えないくらいの強烈な弱みをな」

「そ……れは――」

青い顔をしてフレミー伯爵が口ごもった。

「十六年前。大雨の中、一台の馬車が山道の途中で転落した。死傷者多数。馬車はフレミー伯爵所有の会社の持ち物で、乗客がほぼ死亡してしまったため、貴公には多額の賠償金が発生した。当時は首を吊っても死にきれない状況だっただろう。周囲の人間は波が引くように貴公を見限っていく中、ルヴィエ伯爵だけが貴公に救いの手を差し伸べた。賠償金を肩代わりする条件として、ルヴィエ伯爵は貴公に忠誠を求めたのではないのか？」

「……っ」

予測はおおむね事実に沿ったものだったのだ。

あの男のやりそうなことだ。

善人を装い、相手の弱みを握ることで、多大な恩恵を得る。

「あ、あれは……事故だったのだ！　突然の暴雨だったが道幅は広く、転落するなどあり得なかった」

「だが、現実に起こってしまった。――しかし、貴公の言うとおり、本来ならばあり得ない事故だった。考えたことはないか？　誰かが作為的に事故を起こしたのではないかと」

「――考えたに決まっているだろう！　だが、だとしたら動機は何だ！」

「その中に一人の母娘が紛れこんで乗っていた。母娘共に美しかったが、娘の美しさは幼少ながらも完成された妖美さがあった。母親は原形を留めないほどの損傷だったが、娘は奇跡的に助かった。目的は娘の確保だった」

ルヴィエ伯爵は常々娘を欲していた。

しかも、ただの娘ではない。誰もが魅了されるくらい精緻(せいち)で精工な美を持つ娘だ。

長年の執念の末、彼はついに理想の娘を探し当てた。それがエステルだった。

娼婦の娘だったエステルを、ルヴィエ伯爵は養女にと望んだ。

しかし、母親は大金を積まれてもエステルを手放すことに同意しなかった。業を煮やしたルヴィエ伯爵が取った行動が、強奪。

しかし、伯爵の我欲は思わぬ事故を誘発した。

馬車の転落事故だ。

死傷者の中には辛うじて生き残った者もいた。その者が残した手記には、転落の直前、銃声を聞いたと記されてあった。

公言できなかったのは、多額の賠償金を受け取った後だったからだ。正義と現実との狭間で葛藤し続けたその者は、やがて心を病んで命を絶った。

自害が禁忌であることを承知で自ら死を選ばなければいけなかったほど、追い詰められていたのだろう。

「それじゃ……私は謀られていたというのか……？」

「貴公もよく知っているだろう。ルヴィエ伯爵は狡猾(こうかつ)な男だ。目的のためなら手段は選ばない」

「私は、何という男に魂を売ったのだ……」

「ライ・ブルナンの溺死事件は覚えているか」

しかし、ジェラルドの本題はここからだ。

「エステルが養護施設建設予定地を視察したときには、貴公も同席していたな。ライを連れ出したのはお前か」

「――」

フレミー伯爵は俯いたまま、否も是も示さなかった。

「当時の状況を調査した。証言者から視察に立ち会った者たちの行動をすべて洗い出した結果、お前は途中、ライに話しかけていたそうだな。姿が見えなくなったのは、それからだ。何と言ってライを誘い出した」

「……猫だ。向こうに生まれたての猫がいると言って、あの子に話しかけた」

呻くように告げると、フレミー伯爵が顔を上げた
「だが、それだけだ！　私はすぐに視察そのものを中断したのだ！」

「お前が去る前、ライを誰に託した」

「それは……」

言いよどみ、「……その場に一人残した」と言った。

「猫のくだりは嘘か」

「違う！　本当にいたんだ。ライは猫が好きだと言っていた。でも、部屋を荒らすから、飼ってはいけないと言われていると話していた！」

「四歳の幼子を一人残すなど、正気か。貴様も人の親だろう」

徐々にフレミー伯爵への対応が粗雑になっていく。

「隊長。フレミー伯爵の自供には偽りがございます。通常、猫の出産期は春と冬前。視察があった時期に猫の親子がいるのは不自然です」

ノーランドの指摘に、フレミー伯爵が身を強ばらせた。

「──途方もないド阿呆だな。そこまでして、守りたかった者はとうに自白しているぞ」

「な……に……？」

扉が開く音に、フレミー伯爵がゆるゆると顔を上げる。直後、入ってきた女の姿に息を呑んだ。

「ライの世話役だった女です。彼女がすべて自供しました。報酬金欲しさにライを誘拐し、のちに殺害するために川で溺死させたということです。ただし、ライを溺死させたのはルヴィエ伯爵でした」

「──ごめんなさい。お父様……っ。でも、私。もう……耐えられなかった」

抱えた罪を告白できたことに、女の顔は疲弊した表情をしながらも、穏やかだった。

フレミー伯爵は、ライ殺害容疑の共謀者として留置所に送った。この先は、アルベール逃亡についての尋問が始まることとなっている。

「よくあの男の存在が浮かんだな」

これまでの捜査にフレミーの名が出たことは一度もない。

「私の情報網を甘く見てもらっては困ります。しかし、こうなると、警察の事件性がないという判断も怪しいですね」

だったら、もっと早く出してこいと内心愚痴りたくなる。

「あの男の息がかかった者が警察内部にもいるんだろう。――悪魔のような男だな」

執務室に戻り、乱暴に椅子に座る。

「備品は丁寧に扱ってください」

「いちいちうるさい。せこいことを言うな」

「予算は無限ではありません。隊長の腹いせで破損した場合は自腹で弁償していただきますよ」

まったくこいつを副隊長に任命したサシャが忌々しい。

ジェラルドの乱雑な性格を見越してのことだ。

「それよりも、いかがなさるおつもりです。事実をエステル様にお話しになるのですか」

「——まだすべてが明らかになってはいない。話すのはそれからだ」

肝心の指輪の理由が明確になっていない。

フレミー伯爵はライを誘拐したことは認めたが、殺害は否定した。嘘は言っていないと感じた。ならば、犯人は別にいる。

その者こそ指輪の持ち主。ルヴィエ伯爵だ。

しかし、伯爵はアルベールが逃亡したときを同じくして、姿をくらましたままだ。

「忌々しい」

力任せに机を叩き、憤りを吐き出す。

エステルとて、指輪が落ちていた理由を彼女なりに感じているだろう。

養父である男が息子を殺したかもしれないのだ。

ルヴィエ伯爵に従う心は、今も根強く残っているのだろうか。

とっとと捨て去ればいいのに。

エステルを想ってもいない男になど、心を奪われたままでいてたまるものか。

(エステルはもう俺のものだ)

愛らしい唇がジェラルドへの愛を告げたのだ。

愛している、とはっきりと言った。

彼女の心を占めるのは、ライと自分だけでいい。

寂しい思いをさせた。

悲しい思いをさせてばかりだった。

自分はまだエステルを幸せにはできていない。

ライの事故死を受け入れてはいるものの、心までは納得しきれなかったのだろう。子を思う母親の勘が、死因に違和感を訴えていた。

だからこそ、エステルはライの幻を見続けていたのだ。

ライは残った無念をエステルに伝えたかったのかもしれない。

ジャラルドが母子の思いを繋ぐ架け橋になること。

ライはそれを望んでくれたのではないだろうか。

あの日、川べりで指輪を見つけられたのも、ライが仕向けてくれたことのように思えてならない。

息子に取り持たれなければ、関係を修復できないのだから、迷惑な父親だと思われているだろう。

抱きしめることができたエステルの温もりを、二度と放しはしない。

「そうだな」

エステルが再び悲しみに囚われることのないよう、配慮したい。

決断できずにいると、慌ただしい足音が近づいて来た。

「申し上げます！　ブルナン邸の監視部隊からの伝令！　ルヴィエ伯爵を乗せたと思しき馬車が現れました！」

それは、待ち望んでいた一報だった。一気に緊張が走る。

「全隊員、配置につけ！」

◇◆◇

「奥様。フレミー伯爵からの使いの者が面会に来られました」

フレミー伯爵は、ルヴィエ伯爵の友人で、架空の口座への振り込みを指示した人間だ。

「お義兄様はまだお帰りになってないのよね」

「はい」

本来なら、急な来訪は断っているのだが、フレミー伯爵の関係者ならば何かしらアルベールのことを知っているかもしれないと思うと、無下にはできなかった。

「わかりました。応接間に通してください」

犯罪資金だった口座を用意した彼なら、アルベール逃亡の件も知っているだろう。

「よろしいのですか？　お帰りいただくこともできますが……」

「大丈夫よ。私も彼に尋ねたいことがあるの」

準備を整え、使用人と共に応接間へ向かった。

しかし、中に入った直後。

エステルは己の判断をひどく後悔した。

「――――お義父様……」

悠然とソファに腰掛けていたのは、エステルの養父ルヴィエ伯爵だったからだ。

ルヴィエ伯爵はエステルに気づくなり、鷹揚に立ち上がる。

「エステル、久しぶりじゃないか」

手を広げ、抱擁を願う仕草に、エステルはすぐには応えられなかった。

なぜなら、彼の出で立ちは明らかに不審だったからだ。

見た目を誰よりも気にする人が、皺の入った安物のジャケットを着ているなんてありえない。靴も薄汚れているし、髪は脂で湿っていた。無精髭が彼の人相まで変えている。今の彼を見て、誰も伯爵だと思わないだろう。

侍女長も伯爵の変わり果てた姿に、彼がルヴィエ伯爵だと気づかなかったのだ。

「……いったい何があったのですか？　なぜ、フレミー伯爵の使いと名乗るのです」

抱擁に応じないでいると、ルヴィエ伯爵がムッと顔をしかめた。

「お前がもたもたしているからだ、エステル」

「おっしゃっていることがわかりませんわ、お義父様。どうして私のせいなのですか」

不潔な身なりの原因が自分にあると言われて、エステルは面食らった。

「エステル、お前がさっさと私に遺産を寄越さないからだ」

「手紙は出しましたわ」

「何の手紙だ」

「遺産を譲ると明記したものです。——受け取っていないのですか？」

するとルヴィエ伯爵が大きな声を出した。

「そんなもの、届いておらん！　お前まで私を謀る気か！」

「まさか！　私は確かにしたためました。お義父様のご要望どおり、屋敷と遺産の一切を譲ると書いたものをスタンリーに……」

言いかけ、からくりに気がついた。

スタンリーだ。

彼が、故意に手紙を止めたのだ。

ゴーチエのゴーストだった彼は、遺産が自分の意に沿わぬ者に渡るのをよしとしなかったのだろう。

貧乏貴族となって五年。大臣だった頃の名声も消え、彼を取り囲んでいた貴族たちも波が引くように離れていったに違いない。彼の着ているものからよく伝わってくる。

贅沢を望み、名声を求め、権力を欲した人の成れの果てなのか。

なぜ、アルベール逃亡に荷担したのだろう。

そんなことをせずとも、エステルからの援助があれば、以前ほどではなくても十分暮らしていけた。それだけの額をエステルは口座に振り込むようスタンリーに伝えたのだ。

「――どうしてなのですか、お義父様。なぜ……アルベール様を逃亡させたのです」

彼を逃がしたところで、ルヴィエ伯爵が望んだものは手に入らない。

それなのに、なぜ。

「どこでその話を聞いた」

地を這うような声に、はっとする。

アルベールの一件は極秘だったのだ。世間はまだ彼の逃亡を知らない。知っているのは国王の周囲にいる一部の者だけ。

「答えろ、エステル！　誰から聞いたっ」

怒鳴られ、身体がすくんだ。

「そ……れは」

「養父である私の命令がきけないのか？　誰のおかげで今日まで暮らしてこられたのか、わからないお前ではないだろう。言うんだ、エステル。お前を救ったのは誰だった」

「ル……ルヴィエ伯爵様……です」

「そうだ。私だ。お前は私に盾突くつもりなのか？」

ざらりと恐怖を煽る声音に、「ひ……っ」と怯えた声が出た。

植えつけられた強烈な恐怖は、棘のついた蔓のようにエステルの心を縛り上げていく。

「私に言う言葉があるだろう？」

ルヴィエ伯爵が獲物を狙う蛇のように、悠然と近づいてくる。鼻を突く体臭に思わず眉をひそめた。

こんなにも伯爵の生活は逼迫しているのか。

以前のエステルなら、この時点でルヴィエ伯爵に屈していた。

どうして、こんなにも恐怖を感じるのだろう。

部屋には自分と伯爵の二人しかいない。エステルの代わりに折檻を受ける者はいないのに、怖くてたまらなかった。

ずっと、ルヴィエ伯爵への恐怖は理不尽な暴力のせいだと思っていた。

でも、――本当にそうなのだろうか。

ぬっと腕が伸びてくる。

(――あ……)

その手が、エステルを震えさせたあの黒い大きな手の幻影と重なった。足が震え、その場にへたり込んだ直後。

（あの手は……お義父様のものだったんだわ）

曖昧だった記憶が、その瞬間に鮮明になった。

唐突に扉を破り、入ってきた盗賊たち。母親はエステルを抱きしめると、取るものも取りあえず家から逃げ出した。

追っ手から逃れるために、民の足でもある乗り合いの馬車に乗り込み、身を潜めた。

しかし、彼らは執拗で、馬車の後を追いかけてくると、馬車の車輪目がけて猟銃を放ったのだ。土砂降りの雨の中で放たれた銃声に馬は動揺し、馬車は崖下へと転落した。

「あ……あぁぁ――っ!!」

母親に馬車の外へ放り投げられたとき、エステルは確かに賊の先頭に立つ、ルヴィエ伯爵の顔をはっきりと見たのだ。

彼に恐怖を抱いていたのは、自分たちを殺そうとした男だったから。

思い出した真実に、エステルは大きな声を上げた。

ルヴィエ伯爵が一瞬怯む。

「どうして……っ。なぜなのです！　お義父様!!　なぜ十六年前、私たちを襲ったのですか！」

「――お前、思い出したのか」

さして驚く様子もなく、ルヴィエ伯爵が目を眇めた。

「忘れたままでいればいいものを。まあいい、死にゆくお前になら教えてやろう。――その美貌だ。私が王族に名を連ねるには、完璧な美貌を持つ者がいなければならなかったんだ」

「な――」

身勝手な理由に、二の句が継げない。

誇らしげな表情をするルヴィエ伯爵を呆然と見た。

「そんな……そのような理由で母を……大勢の人たちを殺したのですか！」

「平民の命など、いくらでも換えは利く。大事なのは私のような者なのだ！」

「命の価値は誰にも計ることはできません！」

命に代えなどない。ライがそうであったように、誰もが誰かの唯一なのだ。

「私は、あなたが私を救ってくださった人だからと十六年間従ってきました。お義父様の理想を叶えることが恩返しになると信じたからです！　ですが、……お義父様は他人のことはどうでもよろしいのですね。自分さえ幸せならば、あなたの周りの者が苦しんでいようと関係ないんだわ！」

「自分が自分の幸せを望んで何が悪い！」

「あなたの幸せは他人を踏み台にしています。そんなものは幸せなどではありませんっ」

「知ったふうな口を利く。ならば、お前はどうなのだ。他人を不幸にすることでしか生きられないお前が、幸せを語るか！」

「私が不幸にしたのではありませんっ。お義父様の罪を私に押しつけたのです！」

「ならば、あのガキが死んだのもお前のせいだ」

「――え……」

言葉に詰まると、ルヴィエ伯爵がにやりと笑った。

「うるさいガキだった。お前を恋しがり、ずっと泣いていたぞ。あまりにもうるさいから、川に沈めてやったのだ」

「あ……あぁ……っ、何てこと。何てことを!!　あなたがライを殺したの!?」

「そうだ！　ガキさえいなければ、お前は遺産にしがみつく理由もなくなるからな！　早々に手放せば死なずにすんだものを。お前が金に執着などみせるから、ガキが死ぬ羽目になったのだ！」

「あ、あぁぁ――――ッ!!」

エステルの絶叫が木霊する。

ライの顔が断続的に脳裏に浮かんでは消えた。一緒に食べたブルーベリーマフィンが美味しいと笑った顔、猫が欲しいとだだをこねた顔、眠たいけれどまだ遊びたくて必死に我慢しているときの顔。

発作的にチェストにあった燭台を手に取った。

目の前が血の色に染まった。全身の血が憎悪で沸騰する。

自分の中にこんなにも激しい感情があったのかと思うような慟哭が、エステルを突き動かしていた。

「許さない――!!」

両手で持ち、それを振り上げた。だが、容易く避けられてしまう。

二度、三度とエステルは伯爵を狙った。全身からおびただしい熱を感じる。身体が熱くてたまらなくなるも、振り上げる手を止めることはできなかった。

目の前にライを殺した犯人がいる。

尊い命を代えの利く存在だと軽んじる者に、ライは命を奪われたのだ。

「どうした、そのようなへっぴり腰では、私に傷ひとつつけることもできぬぞ！」

「な――んでっ、どうして――!!」

当たらないもどかしさと悔しさに、涙が溢れる。次第に強烈な疲労感に襲われた。

「ははっ、もう動きが鈍ってきたか」

「――ッ、あぁ!!」

一瞬の隙を突いて、ルヴィエ伯爵が燭台を持つ腕を捻りあげた。

肩がよじれていく音がする。

「い――、あぁぁ――ッ!!」

「お前も私を裏切るのかっ」

エステルの悲鳴と伯爵の怒声が重なった次の瞬間。

けたたましく窓硝子が割れる音がした。硝子片と共に大きな黒い存在が飛び込んでくる。

現れたのは、黒い軍服にウルフマスクをつけたクロウ隊。その先頭に立つのが、スカーレットレッドの髪をしたサシャ王の狂犬。

ジェラルドだった。

「ルヴィエ伯爵。貴様をアルベール逃亡ほう助の容疑で拘束する！」

だが、ジェラルドはエステルたちを見るなり、琥珀色の双眸を怒気でみなぎらせた。

「き――さまっ!!」

次の瞬間には、ルヴィエ伯爵が派手に横へ殴り飛ばされていた。ジェラルドが伯爵に馬乗りになり、さらに一発、二発と殴りつける。

「エステルに何をしようとしたっ！」

「ぐ……がっ、……！」

「貴様ごときが手にかけてよい存在ではない!!　いつまであの子を縛りつけるつもりだ!!」

「く……くっ、悔しい……だろう！」

「あぁ、悔しいさ!!」

叫び、また拳を振り下ろした。

「だが、エステルはお前の人形じゃない。心もあれば、感情だってある！　お前の言いなりにはならない！」

ルヴィエ伯爵がジェラルドに向かって、ぶっと血色のツバを飛ばした。

「そんなに……エステルが欲しいか！　だが、あれは私のものだ！　誰にもやらん!!」

「エステルはお前のものではない！」

「私のものだ！　役に立つ限りは、使い続けてやる!!」

「そんな道理が通用するものか！」

エステルは痛む右腕とは反対の手で燭台を拾い直すと、伯爵に向かっていった。

「お義兄様、退いて!!」

「やめろ！」

振り下ろす直前で、ジェラルドが止めに入った。

「どうして!?　お義父様はライを殺したの!!　殺して当然だわ！」

「違う！　この男が外道でも、俺たちが裁いてはいけないんだ」

「だったら、どうしたらいいの――ッ!!」

慟哭し、それでもまだ燭台を振り下ろそうとあがいた。

「エステル、エステル聞くんだ。法がこの男を裁く。ここで死なないことに後悔をするくらいの苦しみを必ず与えてやる。だから、お前は手を汚すな！」

「……ッ」

忌々しさを噛み殺しながら、ルヴィエ伯爵を睨みつけた。

まだ怒りで身体が震えている。噛んだ唇からは血が流れてきた。

「あ……あぁ、あぁぁ――――」

絶叫すると、ジェラルドが深く強くエステルを胸に抱きしめた。

「――すまなかった」

「――にい……様っ」

夢中でジェラルドに縋りついた。胸に顔を押しつけ、大声で泣き喚く。

「ライは……っ、ライが!!」

「すまなかった、エステル。本当にすまない……」

「あの子を――、私たちの子を返してっ!!」

心からほとばしる激情に、ジェラルドはひたすら詫びる。そんなエステルたちをあざ笑う声があった。

「は……ははっ、残念だったな。エステル！　私を殺しそびれたじゃないか！」

火に油を注ぐような挑発にエステルが顔を上げようとした刹那、ジェラルドがそれを強く押さえつけた。

「はな――放して!!」

「駄目だッ!」

「どうして!? なんでよぉぉ――……っ」

「あんなのはただの強がりだ。挑発になんて乗るな!」

「でも――っ!」

「ルヴィエ伯爵。覚悟はできているだろうな」

怒りを滾らせた地を這うような声でジェラルドが呻いた。

「何の覚悟だ。ジェラルド! サシャ王の犬風情がこの私に何ができる!」

「望むだけできるんだよ」

伯爵の高笑いを、ジェラルドが一蹴する。

「何だと?」

「エステル」

囁くように呼ばれ、身体を起こすと慈しむように頰を撫でられた。

「少しの間だけ、後ろを向いていてくれ」

そう言ったジェラルドの双眸が憤怒に満ちていた。

「エステル、こちらに」

窓から突入してきたクロウ隊の一人が声をかけてきた。

「私の後ろにいろ」

マスクで顔はわからなかったが、彼は隊員の中でも痩軀な男だった。

「ルヴィエ、なぜ俺たちが王の鉤爪と名乗っているのか、知っているか？　我らには国王の勅命を以て動くときのみ発動できる権限があるからだ。この力は時に王をも凌ぐ」

ジェラルドが制帽とウルフマスクを取る。

スカーレットレッドの髪は燃え立つようだった。

ジェラルドは取り押さえられているルヴィエ伯爵に近づくと、おもむろに股ぐらにサーベルを突き立てた。

「ぎゃぁぁああ!!」

「我らの発動できる権限は、粛清。王の名のもと、あらゆる機関の持つすべての情報を共有でき、過ちを犯した者は王だろうと切り裂くことのできる、王が作りし死刑執行人だ」

ジェラルドの静かな怒りと、感じる殺気に身体が震える。

「あ……あ……」

伯爵は口から泡を出し、白目を剝いていた。

「欲を出したなルヴィエ。アルベールに貴様が逃亡を教唆した」

「あ……が……が……っ」

「もう口が聞けぬのか？　いつもの高慢さはどうした。エステルを駒として、王家に与する算段は終いか？　貴様のくだらない欲にどれだけの命が犠牲になった。——五年間、俺は貴様を血祭りに上げる日を指折り数えて待っていたぞ」

嬉々とした声も、ルヴィエ伯爵には聞こえてはいない。身体をひくひくと痙攣させ、腰をついている部分には血の混じった水たまりができていた。

ジェラルドは淡々とサーベルを動かし、幾度となくそれを突き立てていく。その光景は死刑執行人というよりも死神のような残虐さがあった。

これが王の狂犬と呼ばれたもうひとつの顔なのだ。

「隊長。そのくらいでご容赦ください。ここは尋問部屋ではございません」

ノーランドの制止がなければ、ジェラルドは際限なく続けていただろう。

ジェラルドはふと双眸に宿る狂気を収め、サーベルから手を離した。

「死なない程度に治療してやれ」

号令にルヴィエ伯爵を拘束していた隊員たちが、手足を持って部屋から出ていく。だらりとした姿に高慢さはない。

エステルは扉から出ていくその姿を呆然と見ていた。

「驚いたか？」

側にいた隊員の声に、エステルが戸惑いを隠せなかった。

聞こえてくる音だけでも、彼がどんな仕打ちをしていたのかが伝わってきた。後ろを向くよう言ったのは、エステルには見られたくなかったからだ。

「……エステル」

ややして、気遣わしげな声が背中にかかった。

びくり、と身体が震える。

先ほどまであった強烈な怒りはジェラルドの狂気の前に消えた。

「——俺が怖いか」

怖い。

ジェラルドが飼っている狂気が怖い。けれど、きっと自分も同じものを持っている。ルヴィエ伯爵を憎んだあの気持ちがそうだ。

隊員たちの視線を背中に感じた。

「——いいえ」

ジェラルドを振り返り「怖くありませんわ」と告げる。

途端に、ジェラルドがたまらないと言わんばかりに表情を歪めた。

くずおれるように膝をついてエステルを抱きすくめた。

「ライのこと、——すまなかった」

「……なぜお義兄様が謝るのです」

「側にいてやれなかったからだ」

エステルが恐怖と不安に潰されそうになっているとき、ジェラルドが側にいてくれたら違っただろうか。

ライの無事を願い、眠れない夜を一緒に過ごしていれば何か変わったのか。

答えは否だ。

失ったものは、決して戻らない。

けれど、ライが命がけで残してくれたものがあるから、エステルは真実を知ることができた。ライの魂を空へ送ってやることができるのだ。

もう寂しいと一人泣く声を聞くことはないだろう。

(ライ――……ッ)

溢れる涙で視界が滲む。

「わ……あぁぁ――」

エステルはジェラルドにしがみつきながら、大声で泣きじゃくった。

◇◆◇

クロウ隊の護送車に乗せられたルヴィエ伯爵が痛みと屈辱に唸っていた。

降り出した雨が、壁を叩く音すら不快で耳障りだ。

なぜ、自分がこのような目に遭わなければならない。

食いしばりすぎて、口の端から血が伝い流れる。

ジェラルドに負わされた股間の傷が、ずくずくと疼くように痛む。脈動と共に全身に痛みが散らばるような痛さだった。

「ち……くしょう……がっ」

後ろ手に縛られた拘束具が振動で揺れるたびにじゃらじゃらとうるさい。

「畜生——っ!!」

父親をゴミのように見下す目を思い出すだけで、腸が煮えくりかえる。

大臣まで登り詰めた自分が、なぜ虫けらのように小汚い馬車に乗せられなければいけないのか。

エステルさえ大人しく金を渡していれば、万事うまくいっていたのだ。

それを子ども可愛さに欲など出したことで、歯車が狂ってしまった。

やはり、子どもは邪魔だったのだ。

ジェラルドと同じ髪をした、忌々しい子どもなど産ませるべきではなかった。

「クソ……っ、クソ!!」

ガンガンと無事なほうの脚で壁を蹴る。

すると、突然馬車が止まった。

さらに二、三度揺れる。

扉が開き、クロウ隊の軍服を来た男が乗り込んできた。

入り口には長髪の男。

「護送車の乗り心地は快適か。ルヴィエ」

聞いた声に、ルヴィエはびくっと身体を強ばらせた。よもや、この場所で聞くはずのない声だ。

「その声……、まさかサシャ王……」

「久しいな、死に損ない」

肩でまっすぐ切りそろえられた蜂蜜色の髪に、針のように鋭い眼光を持つ碧眼の双眸。ウルフマスクで顔半分を隠していても、痩軀な身体に黒い軍服を纏うサシャの存在は、彼以外のすべてを掌握する力があった。

「――陛下、ほどほどになさいませ。隊長は死なせないようにと申しておりましたゆえ」

「かまわん。死ぬかどうかはこやつの運次第だ」

「な、……何を……するおつもりか」

ルヴィエ伯爵の声がおのずと裏返った。

「馬車は山道を抜ける途中で雨に車輪を取られ、転落する。そういえば、どこかで同じことがあったたな」

面白い遊びを見つけた子どものように、サシャの声は嬉々としていた。

「ま、待て！」

咄嗟に声を上げる。すると、サシャが綺麗な眉を上げた。

「貴様、誰に申している」

「お……お待ち……くださいっ。そんなことをしたら、私は——」

「言っただろう。死ぬか否かはお前の運次第だ」

嘯く間にも、馬車がずず……と音を立てて横へずれていく。馬を外したことで、今は人力で護送車を押していた。

「お助けくださいっ！」

蒼白になるルヴィエ伯爵に対し、サシャに恐怖の色は微塵もない。

「ルヴィエ。私の大事な兄上をどこに隠した？」

「い、居場所を言えば助けてくださいますか？」

縋る伯爵を乱暴に蹴飛ばす。その勢いで車輪がひとつ道から外れた。

「陛下、傾き始めました」

「わかっている」

「サシャ王！　なぜこのような真似をッ!!」

悲鳴にサシャがクックッと笑った。

「もう一度聞く。私の兄上はどこだ」

いよいよ馬車の傾斜がきつくなった。

「アスヘルデンの東、うち捨てられた古城の中に……！」

伯爵の悲鳴じみた告白に、隊員の数人が馬を駆って走り出した。

「わ、私を殺せばあなたの秘密が世間に公表されますぞ!!」

「お前があの時の黒幕だったのか。だが、切り札を大事に持ちすぎたようだな。いいだろう、私の打った手とお前の企み、どちらが上か楽しみにしている」

唖然とするルヴィエ伯爵を残し、ひらりと馬車から身を翻す。その背後でゆっくりと伯爵の乗せた馬車が落ちていった。

護送車がけたたましい音を立てて、崖を転がり落ちていく。まるでバネでも付いているかのように打ちつけるたびに箱が飛んで跳ねた。

「あれでは、生きてはいないでしょう。隊長にどうご説明なさるおつもりですか」

「それは、お前の役目だろう。ノーランド。うまい言い訳を期待しているぞ」

「まったく……」

やれやれと呆れ顔でノーランドがため息を零した。

「アルベール様の処遇はいかがなさるおつもりなのですか？」

「これまでと変わらん。本人が歌さえあればいいと言うのだ。私の用意した鳥かごの中で、私の妃となった女の腹に子種を注ぎながら、歓喜の歌を歌っていただくまでだ」

「お人が悪い」

「すべては国の安寧のためだ。私に足りないのは王族の血を引く子どもを持つことだ。私が産むわけにはいかないからな」

「陛下の幼少時代もお可愛らしかったですよ」

「ほざけ」

くすりと笑った直後、落ちた護送車が発火した。積んであった火薬に火がついたのだろう。

「隊長はクロウ隊を辞める意向です」

「だろうな」

エステルを手に入れられたのなら、ジェラルドがサシャに与する理由はなくなる。

「私が望みを叶えてやると約束したのに、待てができない犬だな」

「愛の力ですよ、陛下」

ノーランドの言葉を一笑に付し、サシャは馬へと戻っていった。

終章　クローバーに願うことは

一面をシロツメクサが覆う季節が三回過ぎた。

エステルが暮らす屋敷は穏やかながらも、忙しい時間が過ぎている。

一人でこなせる事業も随分増えた。

それでも、まだスタンリーに知恵を借りなければ回らないことも多い。

「もういっそのこと、あなたがブルナン邸の家長になればいいのに」

口を尖らせて文句を言うと、「私にその権限はございません」とスタンリーは真顔で答えた。

あの後、スタンリーは事件解決に積極的に協力したことで減刑を認められ、身元引受人が名乗り出た場合のみ、保釈金を払うことで釈放されることとなった。

エステルはその話を聞くなり、すぐに身元引受人に名乗りを上げ、保釈金を払った。資産の三分の一は払っただろうか。

それでも、スタンリーに会えることを思えば、惜しくはなかった。

アルベールも、後日うち捨てられた古城に身を隠していたところを発見され、逃亡劇は幕を閉じた。

今回もサシャ王はアルベールを処刑することはなく、彼がもといた場所に幽閉した。

あれから三年が経つが、アルベールが逃亡したという話は聞かない。果たして、彼が逃亡した理由とは何だったのか。公にならない以上、誰もそれを知ることはできなかった。

ルヴィエ伯爵は一連の事件およびライ殺害の犯人、そして十六年前の馬車転落事件の首謀者として厳しい追及を受けるはずだったが、護送中の事故で死亡した。

奇しくも、エステルの母親が死んだ状況と同じ、馬車の転落事故だった。

伯爵に殺された無念の魂が、彼を呼んだのだろうか。

伯爵の死を当然だとは思ってはいけない。

だが、彼がしたことを思えば、これまでの悪事が彼に返ってきたのだとも思えた。

「そういえば、お義兄様は今どちらに？」

「エステル様、また旦那様のことを〝お義兄様〟とお呼びになっておられました」

「う……」

結婚してから人前では「夫」や「ジェラルド様」と呼んでいるが、気を抜くとすぐ「お義兄様」に戻ってしまう。ジェラルドと呼んだほうがいいのはわかっていても、どうしても「お義兄様」のほうがしっくりくるのだ。

そんなエステルを見て、スタンリーが青い目を細めて仕方なさそうに小さく笑う。

「旦那様はアリシア様とのお散歩から、まだお戻りになられていません」

一年前に生まれたエステルに似た白金色の髪と、ジェラルド譲りの琥珀色の目をした愛らしい女の子を、ジェラルドは「俺の可愛いプリンセス」と呼んで溺愛していた。

彼は時間を見つけては、積極的に子育てに参加する。

夜泣きをすれば、エステルよりも早く起きて寝かしつけようとするし、おむつ替えもお手のものだ。月の半分は王宮へ詰めているせいか、ジェラルドの育児は基本溺愛だ。おかげで、アリシアは父親のジェラルドが大好きになった。ジェラルドの顔を見ると嬉しそうに笑い、はしゃぐ。そんなアリシアの愛らしい仕草に、ジェラルドは毎日めろめろになっていた。

アリシアは、たくさんの愛に包まれて健やかに成長している。

ジェラルドはもうクロウ隊には所属していない。

今は、リュシドール伯爵位を授与され、サシャ王の右腕として王宮勤めをしている。領土まで望まなかったのは、エステルがブルナン邸を離れたくないという希望を聞き入れてくれたからだ。

ライの死の真相は、エステルに大きな衝撃と暗い影を落とした。

ルヴィエ伯爵の手にかかったとは言え、自分がもっとライに注意を払っていれば防ぐことはできた。

（もっと私が――）

自分を責めるエステルの側に寄り添い続けてくれたのがジェラルドだった。彼はエステルを否定する言葉を一切言うことなく、落ち込むエステルに色んなものを見せてくれた。

忙しく屋敷で働く使用人たち、風にそよぐ新緑、青い空。

エステルを取り巻く世界は、驚くほど穏やかで、優しかった。

生き直すのなら、この場所しかない。

ライの思い出しかない場所だと思っていたが、エステルの周りにはたくさんの人がいたことに気づけたからだ。

義務感でやってきたことが、誰かの役に立っていたのだと気づけこと。何気なく受けていた感謝の言葉は、心からのものだったこと。

エステルが思っているよりも、ずっとブルナン邸は居心地のよい場所だったのだ。

孤独だと思っていたのは、エステルが彼らを遠ざけていたから。

でも、それは違っていた。

心を開きさえすれば、彼らはエステルを受け入れる準備をして待っていてくれたのだ。

気づかせてくれたのは、ジェラルドだった。

そして、スタンリーの目の色がエステルとよく似ていることも。

「戻られたようですよ」

窓越しに外を見ていたスタンリーの言葉に、エステルも窓をのぞいた。

見れば、ジェラルドが小さな女の子を片腕に座らせるように抱き上げながら、歩いてくる。エステルに気づき、片手を上げて手を振っていた。

エステルも、窓を開けてジェラルドに手を振り返す。

その手首には、真新しいブレスレットがあった。

薄型のロケットの中には二人で見つけた四つ葉のクローバーの葉が入っている。

「眠っちゃっているのかしら」

アリシアの反応がないところを見ると、遊び疲れて眠ってしまったのだろう。

玄関まで迎えに行けば、やはりぐっすりと寝入っていた。

「まぁ、アリシア様。ばあやとお昼寝をいたしましょうね」

侍女長はすっかりアリシアの祖母気分でアリシアの世話をしたがる。

アリシアを手渡したジェラルドは、腕が痺れたのか、軽く肩を回していた。

「重かったでしょう？」

「そんなことはない。だが、少し俺も遊び疲れた」

ただいま、とジェラルドがエステルの頬に口づけた。

「今日はどちらまで行っていたの？」

「敷地の中を散歩していたんだ。シロツメクサの花畑で犬はしゃぎだ。蝶々を夢中で追いかけていた」

疲れた声を出しているも、表情は綻んでいる。

「可愛かった？」

「俺たちの子が可愛くないわけがない」

当然だと言わんばかりの口調に笑みが零れる。

腰に手を回され、促されて入ったのはエステルたちの寝室だった。

「エステルの仕事は一段落したのか」

「ええ、輸入する建築資材についての資料を見ていたの。サシャ王が王子誕生の記念に礼拝堂を修繕するでしょう。そのためのものよ」

「王子も二歳か。早いな」

ジェラルドが伯爵位を寄与されたのは、サシャに第一王子が誕生してからだ。

「午後からは私もアリシアと遊びたいわ。お義兄様ばかりアリシアと遊んでずるい」

「もちろん、そのつもりだ。でもその前に英気を養っておかないと」

ベッドに横たえられ、上から覆い被された。

「――まだ日が高いです」

「駄目か？」

こてんと首を傾げる仕草は、異様に可愛い。ジェラルドもわかってやっているのだから、いい性格をしている。

（こんな人だったかしら）

スカーレットレッドの髪と同じように情熱的で実直。硬派に見える反面、優しく情に厚い。

だが、一度心を許した相手には、とことん甘える人なのだともわかった。

「できるだけ、たくさん子どもを持とう。ライに俺たちが幸せだと見せてやりたい。賑やかになればなるほど、もしかしたら、いつかライが生まれ変わって戻ってきてくれるかもしれないだろう」

ライが戻ってくる。

それが叶えばどんなに素晴らしいことだろう。

「ふふ、そうなったならブランコはひとつでは足りないわね」

「だったら、増やせばいいさ。時間はいくらでもある」

幸せそうに微笑みながら、ジェラルドが唇を寄せる。

（そうよね。私たちの時間はずっと続いていくんだもの）

願いを現実のものにするために、まずはジェラルドとキスをしよう。

「愛しているわ」

囁き、エステルも幸福に浸った。

あとがき

こんにちは、宇奈月香(うなづきこう)です。

このたびは『凶愛に啼く獣』をお手にとってくださり、誠にありがとうございました。早いもので九作目の作品となりました。

人生ではじめて出版依頼のお話をいただいたときの緊張は生涯忘れることはありません。間違いなくあの一通のメールが私のターニングポイントです。今でこそ「こんにちは〜」と言えるようになりましたが、当時の私は緊張しまくりの中、担当様とお電話させていただきました。午後七時半のことです。時間的には二十分くらいのことでしたが、事前に胃薬を買ったほど緊張しました。はじめてましての方とはじめての商業誌を作り上げていくのは、心底楽しかったですし嬉しかったなぁ。

まだコタツを出していた季節の中、愛犬たちをなで回しつつ、夜も明けぬうちから夢中で原稿を書き、行き詰まると散歩に出てはまたパソコンに向かい、締め切り日ギリギリまで何度も何度も最後の部分を書き直しました。提出してみたら百ページくらいオーバーしていたという(笑)。

著者校正原稿の最終ページに担当様からの感想がひと言書かれてあったのを見たときは、

涙が出るほど嬉しかったです。本当に本当にありがとうございました。

あれから私の環境も大きく変わりました。いくつかの別れと宝物となる人の誕生を経験しました。私が生み出すキャラクターたちには多少なりとも私の気持ちを持たせており、今回の主人公エステルもそうです。大切だからこそ命に代えても守りたい。けれど、大切な人を守っていくためには自分の命も粗末にはできない。エステルの抱く感情は、私が生きてきた中で感じたことでもあります。

そんなエステルを美しく描いてくださったのが芦原（あしはら）モカ先生です。カバーイラストは、エステルとジェラルドの黒い衣装が互いの髪色をぐんと引き立てていて、背景に散る個性的な薔薇の描写が印象的です。挿絵も素敵ですので、ぜひ堪能していただきたいです！

出版にいたるまで丁寧に私を導いてくださった担当様、ありがとうございます。今後ともなにとぞよろしくお願いします。また、この本に携わってくださった大勢の方にもこの場をお借りしてお礼申し上げます。

最後になりましたが、『凶愛に啼く獣』をお手にとってくださった皆様に心からお礼申し上げます。

本当にありがとうございました。

宇奈月　香

この本を読んでのご意見・ご感想をお待ちしております。

◆ あて先 ◆

〒101-0051
東京都千代田区神田神保町2-4-7 久月神田ビル
㈱イースト・プレス　ソーニャ文庫編集部
宇奈月香先生／芦原モカ先生

凶愛に啼く獣

2020年2月3日　第1刷発行

著　　者　宇奈月香
イラスト　芦原モカ
装　　丁　imagejack.inc
D T P　松井和彌
編　　集　葉山彰子
発 行 人　安本千恵子
発 行 所　株式会社イースト・プレス
〒101－0051
東京都千代田区神田神保町2－4－7 久月神田ビル
TEL 03－5213－4700　FAX 03－5213－4701
印 刷 所　中央精版印刷株式会社

ISBN 978-4-7816-9665-2
定価はカバーに表示してあります。